中华
魂
ZHONGHUA HUN

百部爱国故事丛书

仰承汉唐　荟萃中外

——近代数学家李善兰

盛海英　编著

吉林人民出版社

图书在版编目（CIP）数据

仰承汉唐　荟萃中外：近代数学家李善兰 / 盛海英
编著 .-- 长春：吉林人民出版社，2011.3（2021.8 重印）
ISBN 978-7-206-07478-3

Ⅰ . ①仰… Ⅱ . ①盛… Ⅲ . ①李善兰－生平事迹
Ⅳ . ① K826.11

中国版本图书馆 CIP 数据核字 (2011) 第 032086 号

仰承汉唐　荟萃中外

——近代数学家李善兰

YANGCHENG HAN TANG　HUICUI ZHONGWAI
——JINDAI SHUXUEJIA LI SHANLAN

编　　著：盛海英
责任编辑：王　磊　　　　封面设计：孙浩瀚
制　　作：吉林人民出版社图文设计印务中心
吉林人民出版社出版 发行（长春市人民大街7548号　邮政编码：130022）
印　　刷：北京一鑫印务有限责任公司
开　　本：787mm×1092mm　　1/16
印　张：8　　　　字　数：64千字
标准书号：ISBN 978-7-206-07478-3
版　次：2011年3月第1版　　印　次：2021年8月第2次印刷
定　价：35.00元

如发现印装质量问题，影响阅读，请与出版社联系调换。

总　序

　　《中华魂》是一套故事丛书。它汇集了我国自鸦片战争以来一百八十余年间的近百位民族英雄、仁人志士、革命领袖、先进模范人物的生动感人事迹，表现了他们作为中华儿女的伟大的爱国主义精神。

　　爱国主义是人们对于"生于斯、长于斯、衣食于斯"的祖国的一种神圣感情，是人们对于自己民族的一种强烈的责任感和使命感，是感召和激励整个中华民族的一面永不褪色的旗帜。在一百多年的中国近现代史上，爱国主义一直激励着中华儿女为祖国的独立、统一、进步和繁荣而英勇奋斗。从"苟利国家生死以，岂因祸福避趋之"的林则徐，到"我自横刀向天笑，去留肝胆两昆仑"的谭嗣同；从"铁肩担道义，妙手著文章"的李大钊，到"青春换得江山壮，碧血染将天地红"的赵一曼；从"县委书记的好榜样"的焦裕禄，到"问鼎长天，扬我国威"的邓稼先……都表现出了强烈的爱国主义精神。正是由于热爱祖国的人们前仆后继地奋斗，国家和民族才得以生存，才能够在一次次历史危急关头转危为安，走向兴盛和富强，从而屹立于世界民族之林。爱国主义是鼓舞中华儿女历经忧患、跨越沧桑、百折不挠、自强不息的伟大力量，它贯穿于中华民族的整个历史，并有力地凝聚着五洲四海的中国人。

　　爱国主义是一个历史的范畴，在社会发展的不同阶段、不同时期有不同的具体内容。革命时期，需要我们为祖国的独立自主出生入死；建设时期，需要我们为祖国的繁荣富强增砖添瓦。在全国各族人民团结一心，开启全面建设社会主义现代化国家新征程的今天,我们要争做一名新时期的爱国者。新时期的爱国者要有强烈的民族自尊心、自豪感。民族自尊心、自豪感是任何时期、任何爱国者都必须具备的情感。民族自尊心能增强我们自立向上的恒心,民族自豪感能树立我们建设祖国的信心。要树立"祖国高于一切"的崇高信念,为了祖国和人民的利益不惜抛却个人的利益,甚至不惜牺牲个人的生命。我们要树立终身学习的理念,拓宽自己的知识面,广泛吸收新知识、新技术,完善自身的知识结构,更新学习知识的方法与理念,从思想上、知识上充分武装自己,为祖国的繁荣昌盛贡献力量。

　　爱国主义思想的继承和发扬,是关系到民族盛衰、国家兴亡的根本问题。爱国主义思想情操的形成,需要不断地培养。培养爱国主义精神的一个重要途径是向英雄人物和典范事迹学习和致敬。这套丛书的出版，对于青少年向英雄和先进人物学习，特别是对于在中小学生中进行爱国主义教育是不可多得的生动的教材。祝愿此书出版发行成功，为培养时代新人做出贡献。

胡维革

绝学天元一，知君探索精。

————汪日桢

目　录

中华**魂**百部爱国故事丛书
ZHONGHUA HUN

勤奋的少年

　　1811年1月的一天，寒气袭人，但在浙江省海宁县硖石镇李祖烈的家里，却是春意盎然。每个人的脸上都洋溢着喜悦之情，原来李家的第一个男孩儿诞生了，全家人都围着他，夸奖他长得虎头虎脑，长大了一定会很聪明。父亲忙于给亲戚朋友们报信，母亲心里默默地祈祷儿子长大后会有所作为。

李善兰

　　给儿子起个什么名字呢？父亲思来想去，为他取名心兰，字竟芳，稍长后名为善兰。不用说，他就是我们这个故事的主人公。

　　硖石镇，山清水秀，土地肥沃，美丽富饶。硖石镇虽不大，但诗人才子辈出，李祖烈就是一个

　　李善兰（1810—1882），字壬叔，号秋纫，浙江海宁人。少从陈奂治经学，10岁，"窃《九章》阅之，以为可不学而能"，以后于数学用力尤深。1945年在嘉兴执教，数年间，写出《四元解》、《方圆阐幽》、《对数探源》等著作。1852年移居上海，与英教士伟烈亚力合译出古希腊名著《欧几里得原本》（即《几何原本》）的后9卷。这是明徐光启未译完的难度较大的部分。另外还译出植物学、力学等一系列自然科学著作。在译著《谈天》中，还正确地介绍了哥白尼的学说。由于洋务派人物郭嵩焘的推荐，清政府召专精算学之生员邹伯奇、李善兰赴同文馆。1868年，李善兰正式到北京任同文馆算学总教习。在李善兰的悉心指导下，有些学生后来成了天文、地理、火器等方面的专家。

　　李善兰是我国19世纪重要的科学家之一，在天文、力学、数学等方面都有一定的贡献。在京执教13年。生前得曾国藩、李鸿章资助，将历年著作重刊，最著名的是《则古昔斋算学》。

经学名儒。父亲的勤奋好学，在李善兰幼小的心灵里刻下了深深的烙印。

光阴似箭，转眼间李善兰已经到了读书的年龄。一天，父亲对李善兰说，要把他送到塾师陈奂那里去学习经书，李善兰听说要上学读书，心里高兴极了。第二天，父亲便带他去见塾师陈奂，从此便开始了学习生活。由于李善兰天资聪颖，智慧超人，勤奋好学，塾师陈奂很喜欢他。

陈奂经常提问他，他总是对答如流。李善兰心想：等我长大了，我也要像爸爸那样能写一手好文章。我要当状元……

但在长期的学习生活中，几乎就是背诵《三字

李善兰在同文馆与他的学生们

经》、《千字文》，还有什么四书五经之类的书，他感到很乏味。

李善兰10岁时，看到塾师的书架上有《九章算术》一书，便悄悄地拿下来看，可奇怪的是一读此书，

拓展阅读
TUOZHAN YUEDU

《九章算术》

《九章算术》是中国古代第一部数学专著，是"算经十书"中最重要的一种。该书内容十分丰富，系统总结了战国、秦、汉时期的数学成就。同时，《九章算术》在数学上还有其独到的成就，不仅最早提到分数问题，也首先记录了盈不足等问题，"方程"章还在世界数学史上首次阐述了负数及其加减运算法则。要注意的是《九章算术》没有作者，它是一本综合性的数学著作，是当时世界上最先进的应用数学，它的出现标志着中国古代数学形成了完整的体系。作为一部世界科学名著，《九章算术》在隋唐时期就已传入朝鲜、日本。现在它已被译成日、俄、德、英、法等多种文字。

《九章算术》的主要内容

《九章算术》的内容十分丰富，全书采用问题集的形式，收有246个与生产、生活实践有联系的应用问题，其中每道题有问（题目）、答（答案）、术（解题的步骤，但没有证明），有的是一题一术，有的是多题一术或一题多术。这些问题依照性质和解法分别隶属于方田、粟米、衰（音cuī）分、少广、商功、均输、盈不足、方程及勾股九章。原作有插图，今传本已只剩下正文了。

《九章算术》的九章的主要内容分别是：第一章《方田》：田亩面积计算；第二章《粟米》：谷物粮食的按比例折换；第三章《衰分》：按比例分配问题；第四章《少广》：已知面积、体积，求其一边长和径长等；第五章《商功》：土石工程、体积计算；第六章《均输》：合理摊派赋税；第七章《盈不足》：即双设法问题；第八章《方程》：一次方程组问题；第九章《勾股》：利用勾股定理求解的各种问题。

他便爱不释手，觉
得这才是真正的学
问。白天除了跟塾
师学习经书外，晚
上回到家里，他常
常在油灯下拿起
《九章算术》学习
到深夜。

近代科学家徐寿、李善兰、华
蘅芳在江南制造局的合影。

《九章算术》
是中国古代的数学
名著。他不厌其烦地看了一遍又一遍，遇到疑难问题
自己便认真地推敲，仔细地琢磨。就这样，刚刚 10 岁
的李善兰，对数学产生了浓厚的兴趣。

李善兰生性开朗，常和邻居的小伙伴们一起玩，
他经常给小伙伴们画一些图形，出一些算术题，小伙
伴们也都很喜欢听他讲算术。和他在一起，小伙伴们
总是那么开心，又总是能学到许多新的知识。

李善兰自从读过《九章算术》以后，就像磁铁一
样被吸引住了。每得算学书，就不分昼夜地学习，常
常是废寝忘食。

一天晚上，李善兰学习到深夜，由于过度劳累，
他伏在桌上睡着了。他做了一个梦，梦见自己成了数

"九九乘法口诀"刻文陶砖
（东汉） 砖呈长方形，青灰色。砖体坚硬。砖面拍印菱形网格纹，另三分之一砖面竖刻九九乘法口诀文字两行，第一行右起空半行，刻文为"三九二十七，二九十八，四九三十六"，第二行为"九九八十一，八九七十二，七九六十三，六九五十四，五九四十五"。字是砖坯未干时所刻，书体为汉隶，笔画清晰。一千七百年前民间已能运用乘法口诀的计算方法。为研究我国数学发展史提供了珍贵的实物资料。

学家，写了好多好多的数学著作……

这时，妈妈走进他的房间，看着那暗淡的油灯，疲倦的孩子，妈妈很是心疼。小声地叫："孩子，醒一醒，快上床睡觉吧！"

李善兰揉了揉发涩的眼皮，看看妈妈，又拿起了那本算学书，冲着妈妈努了努嘴，又开始了学习。

妈妈说："已经二更天了，快睡吧！"

"我不是睡醒了吗？"李善兰笑着说。

看着这执拗的孩子，妈妈笑了笑，走出了他的房间。在李善兰的童年，谁也数不清有多少个这样的夜晚。

作为母亲最难忘的就是那个严冬的夜晚，妈妈走进他的房间，想看看李善兰是否盖好了被子，可点着油灯之后，却不见了孩子。妈妈急坏了，忙喊："不好了！不好了！祖烈，快来呀！快来呀！"

听到喊声，李善兰的父亲跑了出来，听说儿子不见了，也吓坏了。

全家人到处找，邻居们也来帮助找。大家一边走一边喊着李善兰的名字，一直找了大半夜。

在皎洁的月光下，人们远远看见东山的山顶上坐着一个人，静静地望着天空，一动不动。

"那不是善兰吗？"一个邻居突然喊道。

"是呀，是他！"大家异口同声地喊了出来。

可大半夜的，他在山顶干什么呢？难道这孩子神经出了毛病吗？爸爸、妈妈想着，慢慢地走到他面前，说："孩子，回家吧！"

"你们看，天上的那颗星……"

原来为了研究天文历算，他正在观察天象。

李善兰多才多艺，13岁时吟诗作词已恰到好处。一次吟诗，恰巧被著名诗人祝南筠听到，祝南筠很是赏识，夸奖他是少年才子。自此以后，无论是游玩，还是走亲访友，他都要带上李善兰，以助雅兴。

童年时代的李善兰，在家乡美丽富饶的土地上，幸福地成长，汲取着各种知识。尤其他对数学的兴趣越来越浓。到15岁时，李善兰已经通读了《几何原本》的前6卷。《几何原本》前6卷是明代末期徐光启在意大利传教士利玛窦的协助下译成的。但是在当时的中国，通晓欧几里得几何的人并不多。

李祖烈看到自己心爱的儿子勤奋好学，很是高兴，但他总希望儿子把兴趣转到八股文的学习上面去。曾多次硬把李善兰关在家中，规定好任务，让李善兰认真读书，以求学好八股文，将来走科举做官的路。

爱好数学的李善兰，越来越厌恶八股文。为了不使父亲伤心，他勉强答应父亲要努力学习儒家经典。但是，一看那干干巴巴的文章，他就觉得昏昏欲睡。可奇怪的是，李善兰一拿起数学书，就睡意全无，甚至读到半夜，还是兴味盎然，边学边演算。

青花瓷算盘

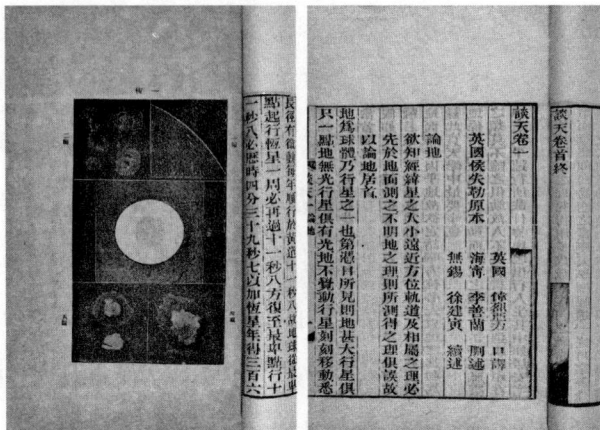

李善兰译著

1828年，浙江在杭州举行了三年一次的乡试，乡试是明清两代的一种考试，很多读书人都怀着希望从四面八方赶来参加。考试的内容是儒家经典。

李善兰也参加了这次乡试，由于他的爱好已经转到了数学方面，因此此次考试他名落孙山。但幸运的是，这次考试期间，他得到了元代李冶的算学书《测圆海镜》和清朝数学家戴震的《勾股割圆记》。

经过深入的独立思考，他认为"割圆法"不是自然形成的，其中有深奥的道理，他对许多数学问题开始深入地思考分析，不断有研究心得。自此，他更不想通过读书升官发财，而把更多的精力用在了研读算学方面，数学水平有了很大的提高。

《几何原本》

《几何原本》是古希腊数学家欧几里得的一部不朽之作，集整个古希腊数学的成果和精神于一书。它既是数学巨著，又是哲学巨著，并且第一次完成了人类对空间的认识。除《圣经》之外，没有任何其他著作，其研究、使用和传播之广泛，能够与《几何原本》相比。这本书是世界上最著名、最完整而且流传最广的数学著作，也是欧几里得最有价值的一部著作。

在《几何原本》里，欧几里得系统地总结了古代劳动人民和学者们在实践和思考中获得的几何知识。欧几里得把人们公认的一些事实列成定义和公理，以形式逻辑的方法，用这些定义和公理来研究各种几何图形的性质，从而建立了一套从公理、定义出发，论证命题得到定理的几何学论证方法，形成了一个严密的逻辑体系——几何学。而这本书，也就成了欧式几何的奠基之作。两千多年来，《几何原本》一

仰承汉唐 荟萃中外

直是学习几何的主要教材。哥白尼、伽利略、笛卡尔、牛顿等许多伟大的科学家都曾学习过《几何原本》，从中吸取了丰富的营养，从而做出了许多伟大的成就。

《几何原本》主要内容

第一卷：几何基础。重点内容有三角形全等的条件、三角形边和角的大小关系、平行线理论、三角形和多角形等积（面积相等）的条件。第一卷最后两个命题是毕达哥拉斯定理的正逆定理。

第二卷：几何与代数。讲如何把三角形变成等积的正方形；其中12、13命题相当于余弦定理。

第三卷：阐述圆、弦、切线、割线、圆心角、圆周角的一些定理。

第四卷：讨论圆内接和外切多边形的作法和性质。

第五卷：讨论比例理论，多数是继承自欧多克斯的比例理论，被认为是"最重要的数学杰作之一"。

第六卷：讲相似多边形理论，并以此阐述了比例的性质。

第五卷、第七卷、第八卷、第九卷、第十卷：讲述比例和算术的理论。

第十卷：是篇幅最大的一卷，主要讨论无理量（与给定的量不可通约的量），其中第一命题是极限思想的雏形。

第十一卷、第十二卷、第十三卷：最后讲述立体几何的内容。

从这些内容可以看出，目前属于中学课程里的初等几何的主要内容已经完全包含在《几何原本》里了。因此长期以来，人们都认为《几何原本》是两千多年来传播几何知识的标准教科书。属于《几何原本》内容的几何学，人们把它叫做欧几里得几何学，或简称为欧氏几何。

《几何原本》在几何学上的影响

在几何学发展的历史中，欧几里得的《几

何原本》起了重大的历史作用。这种作用归结到一点，就是提出了几何学的"根据"和它的逻辑结构的问题。在欧几里得写的《几何原本》中，就是用逻辑的链子由此及彼地展开全部几何学，这项工作，前人未曾做到。《几何原本》的诞生，标志着几何学已成为一个有着比较严密的理论系统和科学方法的学科。

《几何原本》在论证方法上的影响

关于几何论证的方法，欧几里得提出了分析法、综合法和归谬法。所谓分析法就是先假设所要求的已经得到了，分析这时候成立的条件，由此达到证明的步骤；综合法是从以前证明过的事实开始，逐步导出要证明的事项；归谬法是在保留命题的假设下，否定结论，从结论的反面出发，由此导出和已证明过的事实相矛盾或和已知条件相矛盾的结果，从而证实原来命题的结论是正确的，也称做反证法。

《几何原本》作为教材的影响

从欧几里得发表《几何原本》到现在，已经过去了两千多年。由于欧氏几何具有鲜明的直观性和严密的逻辑演绎方法，在长期的实践中表明，它已成为培养、提高青少年逻辑思维能力的好教材。历史上不知有多少科学家从学习几何中得到益处，从而为人类作出了伟大的贡献。

《几何原本》的缺憾

在人类认识的长河中，无论怎样高明的前辈和名家，都不可能把问题全部解决。由于历史条件的限制，欧几里得在《几何原本》中提出几何学的"根据"问题并没有得到彻底的解决，他的理论体系并不是完美无缺的。比如，对直线的定义实际上是用一个未知的定义来解释另一个未知的定义，这样的定义不可能在逻辑推理中起什么作用。又如，欧几里得在逻辑推理中使用了"连续"的概念，但是在《几何原本》中从未提到过这个概念。

《几何原本》的传播

《几何原本》最初是手抄本，以后译成了多种文字，它的发行量仅次于《圣经》。19世纪初，法国数学家勒让德，把欧几里得的著作用通俗易懂的文字写成了几何课本，成为现今通用的几何学教本。中国最早的译本是1607年意大利传教士利玛窦（1552—1610）和明末科学家徐光启根据德国人克拉维乌斯校订增补的拉丁文本《欧几里得原本》（15卷）合译的，定名为《几何原本》，几何的中文名称就是由此而得来的。该译本第一次把欧几里得几何学及其严密的逻辑体系和推理方法引入中国，同时确定了许多我们现在耳熟能详的几何学名词，如点、直线、平面、相似、外似等。他们只翻译了前6卷，后9卷由英国人伟烈亚力和中国数学家李善兰在1857年译出。

立志自学数学

　　1840年鸦片战争爆发以后，中国沦为半殖民地半封建社会。1842年4月，英军攻陷了乍浦，烧杀掳掠，无恶不作。李善兰亲眼见到了这一幕幕令人心碎的场面，无比愤慨，奋笔写下了《乍浦行》一诗：

> 壬寅四月夷船来，
>
> 海塘不守门自开，
>
> 官兵畏死作鼠窜，
>
> 百姓号哭声如雷。
>
> 夷人好杀用火攻，
>
> 飞炮轰击千家灰，
>
> 牵衣携儿出门走，
>
> 白日无光惨尘埃。
>
> 黑面夷奴性贪淫，
>
> 网收珠玉罗裙钗，
>
> 饱掠十日扬帆去，
>
> 满城死骨如山堆。
>
> 朝廷养兵本卫民，
>
> 临敌不战为何哉？

这字里行间，充斥着他对西方资本主义侵略者的仇恨，对清王朝统治者的不满，对人民的无限同情。同时他也看到了国力衰弱、生灵涂炭的惨剧，看到了侵略者的船坚炮利，更从血的教训中，痛感中国科学技术的落后。

民俗算盘挂件

鸦片战争清政府的惨败，更坚定了李善兰自学数学的决心。如果说鸦片战争以前李善兰自学数学是出于爱好的话，那么到鸦片战争后自学数学则是出于一种强烈的责任感。他深感作为一个中国人，自己一定要肩负起振兴中国的使命。虽然他知道自学的路是不会笔直且平坦的，但他决心努力钻研数学，为国争光。

李善兰手不释卷地自学数学，在自学的过程中，他深深地感到古书是前人智慧的结晶。通过自学，他的数学知识日益丰富，他利用一切可能借到的古代数学著作孜孜不倦地学习。

1845年，李善兰先后结识了江浙著名数学家张文虎、顾观光、汪日桢等人。他们朝夕谈算，十分契合。

有一次，李善兰来到汪日桢的书房，两个人畅谈

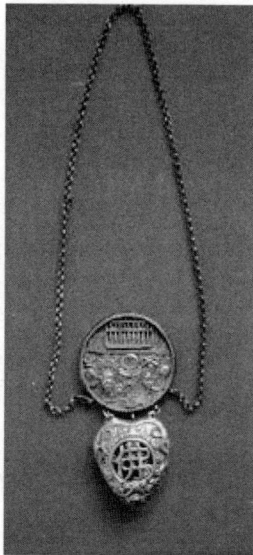

起来，汪日桢问李善兰："你不想走科举升官发财的路吗？"

"不想。"

"凭你的聪明才智，拼上一两年考取功名没问题！"

"我觉得功名事小。我们国家的落后在于自然科学的落后，我要献身自然科学，让世人了解中国人的头脑并不比外国人的头脑差。"

"我衷心希望你能为咱中国人争口气！我这里有很多数学书，你可以随便看。"

李善兰欣喜万分，忙说："谢谢您！"

自此，李善兰从早到晚埋头钻研数学，我国古代的数学名著，李善兰几乎读遍了。有不少书是很难读懂的，比如，宋代算学名著朱世杰的《四元玉鉴》，是一部介绍立、解四元高次方程组的著作，一般不易读懂，而李善兰得此书后，"深思七昼夜，尽通其法"，深受汪日桢的钦佩。汪日桢为此特赠诗一首，赞扬李善兰的数学才能：

绝学天元一，

知君探索精。

廉偶通少广，

正负借方程。

展卷疑思问，

悬钟印则鸣。

不须倾盖语，

鱼雁证斯盟。

　　由于李善兰的刻苦钻研，到1845年，他已取得了惊人的成绩。撰写了《四元解》2卷、《方圆阐幽》1卷、《弧矢启秘》2卷、《对数探源》2卷。

　　李善兰在读过《四元玉鉴》之后，经过自己的精心研究，写出了《四元解》2卷，以阐述朱世杰的高次方程消元解法。从而，使绝传600年之久的"四元术"得到了重现。

李善兰创立了一种求锥状平面形面积和锥状立体形体积的方法。李善兰认为任何一尖锥状图形，不管它是平面的，还是立体的，也不管其侧棱或侧面是直的，还是曲的，都可以看作是由无数个薄片迭积而成的。在《方圆阐幽》这部著作中，李善兰阐述了中国最早的积分法。这在中国数学史上是一个创举。

《弧矢启秘》2卷，张文虎为此书校算。李善兰阐述了三角函数和反三角函数的幂级数展开式，其中不仅有正弦、正切、正割的展开式，还有正矢的展开式以及反正弦、反正切的展开式，所有这些都正确无误，并沿用至今。

《对数探源》2卷，顾观光为此书作序。李善兰阐述了对数可以用诸尖锥的合积表示，对数函数也可以

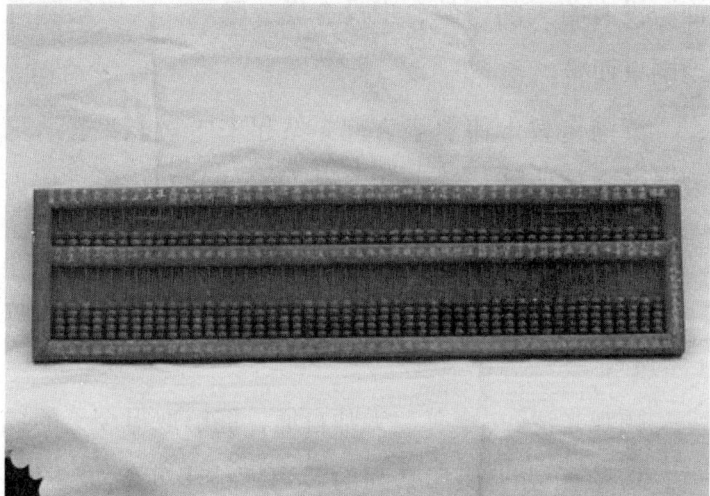

子玉算盘

用幂级数来展开的思想。著名数学家丁取忠说："对数术虽由西人所创，但李善兰等人所创的新法较西人旧法简易数倍，李善兰在对数方面所做的工作是有创造性的。"

李善兰的成果表明，假如没有西方微积分学的传入，中国数学也可以通过自己独特的途径，进入高等数学的发展阶段。

上述4部数学专著的出版，表明李善兰已经成为一个成熟的数学家了。

1845年末，张文虎、顾观光、汪日桢等人为李善兰开了一个庆祝会，并邀请了英国传教士伟烈亚力等人参加。

这是一个别开生面的庆祝会，没有红红绿绿的装饰，没有喧天的锣鼓，也没有燃放鞭炮，大家很随意地围桌而坐。

英国传教士伟烈亚力首先站起来向李善兰表示祝贺。他诚恳地说："我十分佩服你的智慧和才能，你为你的祖国和人民争了光，我真诚地祝福你。"

李善兰起身称谢。接着几位中国朋友也表达了自己的心意。

顾观光说："李善兰无师自通，能够取得今天的成就，应该归功于他那坚强的毅力。他十几年如一日，不知疲倦，忘我地工作，是常人无法想象的。"

张文虎说；"李善兰一丝不苟的精神，严谨的治学态度，实在令我佩服！在我为他所著的《弧矢启秘》一书校算时，发现竟然没有一点儿错误。"

汪日桢说："李善兰不但是一个数学专家，又会写一手好诗，每当演算劳累之余，他常常写诗来表述他对祖国的关注。他的喜怒哀乐与国家的命运紧密相连。比如，在《汉奸谣》这首诗中他深深地痛斥了'割民首级争献功'的民族败类的罪行，在《刘烈女诗并序》中，他对人民遭受的深重灾难表达了深深的同情，他是一个爱国的数学家。"

玉如意算盘

汪日桢

汪日桢（1813—1881），字刚木，号谢城，又号薪甫，浙江乌程人。生于清仁宗嘉庆十八年，卒于德宗光绪七年，年69岁。少秉母赵氏之教，敦行励志，学无涯涘，精史学，又精算学。咸丰二年（公元1852年）举人，官会稽教谕。以书籍朋友为性命，修金所入，悉以购书。好为填词，兼通音韵之学。著有《荔墙词》1卷，《随山宇方钞》1卷，《四声切韵表补正》5卷，及《如积引蒙》《荔墙丛刻》《二十四史日月考》《甲子纪元表》等。他对李善兰赞誉有加。

大家的目光都转向了李善兰，赞才颂功之声，并没有使李善兰洋洋自得，笑容满面。

他十分平静地说："我们的祖国还很落后，落后就要受欺凌，而落后的根源在于科学技术的落后！天下兴亡，匹夫有责。现在正是我工作的黄金时期，我要抓紧时间，钻研数学，为我们祖国的繁荣，尽一份微薄之力。"

听了李善兰的一席话，与会的人都深受感动。大家从心里佩服李善兰，并为结识这样一位有骨气的朋友而欣慰。

李善兰"仰承汉唐"，吸收了以《九章算术》为开端的传统数学知识，他的自学和勤于思考，加深了他对数学的理解，对以后的研究和创造，奠定了深厚的基础。

翻译西书

鸦片战争的隆隆炮声，使李善兰感到了中国科学技术远远落后于西方的科学技术。他决心把西方的先进科学知识介绍到中国来，以便唤醒国人。

1852年，李善兰来到上海。此时，上海已成为主要的通商口岸。黄浦江上，外国商船来往穿梭。江岸上，洋楼高耸，车

李善兰曾任北京同文馆算学总教习

水马龙。大批传教士再度来华，进行宗教活动。西学也再次传入中国。李善兰见中西科学文化有再度交流之势，心里非常高兴。

这天，他带着自己的数学著作，来到上海墨海书馆礼拜堂，找到了对数学很有研究的传教士麦都思先生，他问麦都思："西方有这种学说吗？"

还没等麦都思回答，英国传教士伟烈亚力走了进来。一见到李善兰，伟烈亚力十分高兴，并把李善兰的情况介绍给了麦都思。

麦都思当场让传教士们用西方最深的算学题来"请教"李善兰，李善兰都对答如流。

"你真了不起！"麦都思说："你愿意到我们墨海书馆来工作吗？"

李善兰心想：我要借此来了解一下西方的自然科学知识。忙说："我当然愿意！"

从此开始了他译著西方科学著作的学术生涯。他成了继明末徐光启之后，介绍西方科学知识最关键的人物。

李善兰翻译的第一部著作是《几何原本》后9卷。由于李善兰不懂外文，因此，翻译的方式是由伟烈亚力用华语口授，李善兰笔录。两人合作愉快，相约要继续明末徐光启和意大利传教士利玛窦未竟的事业。

麦 都 思

麦都思（1796—1857），英国传教士，自号墨海老人，汉学家，生于英国伦敦。1816年被英国伦敦会派往马六甲。麦都思在马六甲学会马来语、汉语和多种中国方言，并帮助编辑中文刊物《察世俗每月统记传》。1819年，麦都思在马六甲被任命为牧师，在马六甲、槟城和巴达维亚传教，并用雕版法和石印法先后印行30种中文书籍。1822年，马六甲出版工作逐步衰退，巴达维亚印刷所异军突起，成了伦敦会在南洋的主要出版基地。麦都思在南洋出版了许多中文书籍，以宣传基督教义。从1823年到1842年的20年间，巴达维亚印刷所出版了30种中文书刊，其中28种都是麦都思一个人编写出版的。在南洋活动的二十多年中，他独立编写、发表的中文书刊达30种之多，其中既有《耶稣赎罪之论》《福音调合》《养心神诗》等宗教宣传品，也有《地理便童略传》《东西史记和合》等知识性读物。

李善兰的翻译工作并不是一件容易的事。当时国内长期处于封闭状态，而西方数学思想与中国数学思想本不一致，表达方式也大不相同，对外来的符号系统中国人不易接受。所以李善兰的翻译只好采用了新的思想，保留了传统的形式。

李善兰的翻译名义上是笔录，实际上是对伟烈亚力口述后的再翻译。这就不仅要求听懂原著的意思，而且要根据中国自己的方式具体表述。正如伟烈亚力所说："由于李善兰精通数学，才能使翻译工作顺利进行。"

1853年7月《几何原本》的后9卷译成了，它与徐光启所译的前6卷合并，形成全本《几何原本》15卷。李善兰和伟烈亚力高兴极了。

麦都思备了酒菜，特地表示祝贺，他一手端着酒杯，一手握着李善兰的手激动地说："李先生，你也许还不知道，全本的《几何原本》在西方也很少见，将来西方学者要看此书的全本，还得反访中国呢。"

"你这一年的辛苦没有白费，你创下了功在千秋的事业啊！"伟烈亚力也激动了。带着辛劳的汗水和兴奋的泪花，三个酒杯碰在了一起。

在翻译《几何原本》的同时，李善兰又与英国人艾约瑟合作翻译了英国物理学家胡威立的《重学》20卷，附《圆锥曲线说》3卷。《重学》是从西方输入中国的第一部力学专著；其中包括静重学、动重学和流质量学。这部书在中国影响颇大。李善兰认为"制器考天的道理都在其中了"。

他颇有感触地说："欧洲今天之所以富强，并成为中国的边患，考查其原因，正是由于他们'制器精'，而制器精的原因则是'算学明'，只要中国'人人习算'，也可以'制器日精'，将来威震海外，并受他国敬重。"

1856年，第二次鸦片战争爆发。英国、法国、美国、俄国的魔爪纷纷伸入中国，中国社会民族危机日益严重。这深深地刺痛了李善兰的心。他想："中国太弱了！受人欺凌，任人践踏！我们要把祖国建设得富强起来！此生此世我将献身科学，以唤醒更多的国人。数学是科学技术的基础，只有学好数学，才能使我中

仰承汉唐 荟萃中外
——近代数学家李善兰

华科学走入世界的前列。"

"发奋图强，为国争光"成了他的座右铭。

第二次鸦片战争

之后，他更加专心于翻译工作，每天早起晚睡，勤奋刻苦。

那天，伟烈亚力来看他，见他双眼布满血丝，劝李善兰说："要注意身体，不要太劳累了！"

李善兰笑了笑说："我的身体很棒，没问题的。"

1859年，李善兰与伟烈亚力合译了两部最有影响的数学著作，即英国数学家甘棣么的《代数学》和美国数学家罗密士的《代微积拾级》，此外还有英国天文学家赫舍尔的《天文学纲要》和牛顿的《自然哲学的数学原理》。

《代数学》13卷是我国第一部以代数为名的符号代数学，其中介绍了初等代数、指数函数、对数函数以及幂级数展开等。我国古代有"天元术"而无"代数"一词，李善兰认为这门数学的特点是以字代数，故取名为"代数学"。这一名词至今沿用，并传至日本。

《代微积拾级》是我国第一部关于微积分和解析几

何的译著。微分和积分这两个数学名词就是李善兰创译的。李善兰在译此书时，还创译了许多数学名词如常数、变数、函数、系数、指数、虚数、已知数、未知数、级数、单项式、多项式等等，这些名词都是李善兰根据原文名词的概念，反复推敲所创译的，一直沿用至今。此书出版后不久，东传日本。

《代数学》和《代微积拾级》的翻译发行，不仅向中国学者介绍了西方符号代数与微积分学的基本内容，而且在中国数学中创立起许多新概念、新名词、新符号。这些新知识虽然引自西文原本，但以中文名词的形式出现却离不开李善兰的再创造。

《谈天》是《天文学纲要》的中文译名。它是一部

中国古代著名书院——石鼓书院

仰承汉唐 荟萃中外
——近代数学家李善兰

系统介绍自哥白尼日心说产生以来西方近代天文学成就的译著。

明末清初，西方传入我国的天文学知识，多为古典天文学的片断知识，其理论体系仍是地心说。

清朝中叶，哥白尼的日心说传入中国，但不为人们普遍接受，甚至被攻击为"上下易位，本末倒置"。李善兰给译本署名为《谈天》，是想借此引起人们的注意，消除人们头脑中的地心说。让科学的宇宙观在中国生根开花。

《谈天》出版后，中国才得见西方近代天文学的全貌。从此，哥白尼的日心说开始在我国传播。

李善兰选择《自然哲学的数学原理》进行翻译，是出于一种爱国自强的心理。他认为"中华要强盛，就必须让更多的人掌握科学，而像牛顿的《自然哲学的数学原理》一书则是必读的。所以虽然难译，也得克服困难认真完成。

但助译的伟烈亚力却感到这项工作太艰难了，那天李善兰又去找他一同译书，伟烈亚力非常不情愿地说："我们还是别译此书了，困难太多了！"

李善兰怀着失望的心情走了，他心里很难过，但他并不气馁：炎黄子孙曾有名垂千古的四大发明，我决不给祖先丢脸！一定要完成这本书的翻译工作，为国争光!

李善兰怀着为国争光的远大志向,下定决心:再难,我也要把书译出来!

后来,李善兰在另一个传教士傅兰雅的帮助下终于将《自然哲学的数学原理》一书译成出版了。伟烈亚力拿到此书的中文版后,非常感动,他专程来找李善兰,向他表示敬意:"你真了不起,我佩服你!"

李善兰笑了笑,说:"没什么,我们中国人做事都这样。"

1858年,墨海书馆还刊印了李善兰译著的《植物学》8卷。这是根据英国植物学家约翰·林特利的《植物学纲要》重点选译的,是我国出版的第一部植物学专著。这部著作第一次把当时植物学最先进的科学成

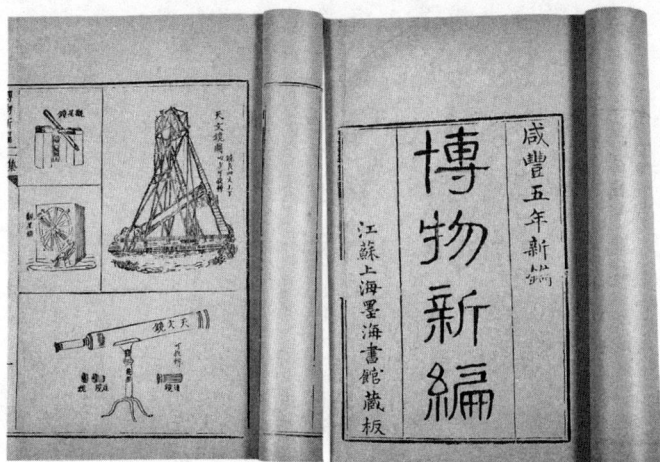

墨海书馆出版的书籍

仰承汉唐　荟萃中外
——近代数学家李善兰

就——细胞学说引入中国。在这本译著中李善兰创设了诸如"植物学"、"细胞"等名称，准确地反映了概念的本质。

李善兰在墨海书馆的8年中，共译西方科技书籍6

墨海书馆

墨海书馆是1843年英国伦敦会传教士麦都思、美魏茶、慕维廉、艾约瑟等在上海创建的书馆。书馆坐落在江海北关附近的麦家圈（今天福州路和广东路之间的山东中路西侧）的伦敦会总部。

墨海书馆是上海最早的一个现代出版社，为上海最早采用西式汉文铅印活字印刷术的印刷机构。铅印设备的印刷机为铁制，以牛车带动，传动带通过墙缝延伸过来，推动印刷机，因此在机房内看不见牛车。

墨海书馆培养了一批通晓西学的学者（如王韬、李善兰），他们和艾约瑟、伟烈亚力等撰写、翻译了许多介绍西方政治、科学、宗教的书籍。

种，总计86卷。从天文学到植物细胞学说的最新成果，都经李善兰的翻译介绍，传入了我国，并且生根开花。

李善兰对促进中西科学文化交流，促进我国近代科学的发展，作出了杰出的贡献。堪称是我国近代科学的先驱者。

在墨海书馆的8年当中，李善兰接触到了许多数学参考书和自然科学读物。他从这些书籍中发现了一个问题：为什么那么多的定理、公式都是用外国人的名字命名的？为什么就没有用中国人的名字命名的？这使他陷入了不平静的思索之中……

《几何原本》在中国最早的研究者

《几何原本》是古希腊伟大数学家欧几里得于两千多年前写的一部经典几何名著。该书在世界数学界有重要影响，世界上许多民族都用自己的语言翻译出版了这部名著，并进行了广泛深入的研究。

在我国见于文献记载的，最早对《几何原本》进行研究的是蒙哥。

蒙哥是成吉思汗系诸王中最有学识的一个皇帝。他是成吉思汗之孙，睿宗拖雷之子。其母怯烈·唆鲁禾帖尼，后晋封为庄圣太后。他生于太祖三年（1208年），1251年即帝位，号宪宗。

蒙哥在位期间，派遣其弟忽必烈经营大西南，征服了"吐蕃"（西藏），使西藏第一次纳入中国版图；统一了"大理国"（今云南境），使其再未脱离中央王朝的统治；接着大举发兵攻南宋，为元世祖忽必烈统一中国、建立元朝奠定了基础。

由于蒙哥重视和爱好科学技术，所以对13世纪下半期在蒙古势力占领并统治的今山西、河北一带形成一个数学研究中心起了促进作用。

蒙哥在数学方面亦有卓越知识，《多桑蒙古史》记载说："成吉思汗系诸王以蒙哥皇帝较有学识，彼知解说Euclide（即欧几里得）氏之若干图式。"即蒙哥曾解说过欧几里得《几何原本》一书中的若干图式。

蒙哥时期，在元上都曾有欧几里得《几何原本》的阿拉伯文译本。如元代王士点和商企翁所著《元秘书监志》第七卷"回回书籍"中曾记载："至元十年（1273年）十月北司天台申本台合用文书"的书目中，有《兀忽列的四擘算法段数十五部》一种，据学者研究认为就是欧几里得《几何原本》15卷本的阿拉伯文译本。北司天台所在地的元上都是当时蒙古的政治文化中心之一，蒙哥所研究的"若干图式"就是欧几里得《几何原本》的部分内容，他借助的可能就是此阿拉伯文译本，也许他研究的内容在此译本中还有反映并构成其部分内容。可惜《兀忽列的四擘算法段数十五部》未流传下来，使我们对蒙哥研究的《几何原本》的详细内容难以了解，但蒙哥是我国第一个对欧几里得《几何原本》进行研究的学者是可以肯定的。汉文译本《几何原本》一直到明代才有徐光启所译的前6卷。

蒙哥既然对《几何原本》有研究，那么他对当时盛行于我国北方的天元术和四元术亦应有涉猎，可惜没有记载。不过加之契丹族天文学家耶律楚材、回族天文学家扎马鲁丁在测算天文历法时也大量运用了数学知识，可知元代我国少数民族对中国数学的发展也作出了自己的贡献。

清政府对古算书的收集

清政府组织人员编写大型丛书《古今图书集成》和《四库全书》的过程，本身就是引人入故纸堆的过程，就是销毁不利于满清统治书籍的过程。当然，也为收集有价值的数学典籍创造了条件，并为传统数学乃至西方数学的研究奠定了一定基础。

《古今图书集成》中所收古算书不多。与此形成鲜明对照，《四库全书》在收集几近失传的古算书方面，成绩斐然。

从《永乐大典》中辑录出来的古算书计有：《周髀算经》2卷、《九章算术》9卷、《孙子算经》3卷、《海岛算经》1卷、《五曹算经》5卷、《夏侯阳算经》3卷、《五经算术》2卷、《数学九章》9卷、《益古演段》3卷、《数术记遗》1卷、《张丘建算经》3卷、《缉古算经》1卷、《测圆海镜》12卷，总计为13部。此外，《四库全书》还辑录了《表图说》1卷、《圆容较义》1卷、《几何原本》6卷及《同文算指》前编2卷和通编8卷等4部明代算书。

《四库全书》的收集也有遗漏，所以后人对古算书的挖掘并未间断。

阮元买到了元代朱世杰《四元玉鉴》，于是以自己的手抄本交付刊印，使《四元玉鉴》又有流传。

罗士琳（1774—1853）在朱世杰《算学启蒙》已失传于国内的情况下，竟然得到朝鲜重刊本，才使此书在国内复有流传。

鲍廷博（1728—1814）在嘉庆十九年（1814年）刊印出版《知不足斋丛书》第27集时，把3部宋元数学残本《续古摘奇算法》《透廉细草》《丁巨细草》辑入。

道光二十年（1840年），郁松年刊印《宜稼堂丛书》，内收《数学九章》18卷、《详解九章算法附纂类》12卷、《杨辉算法》7卷。

古代科举制度与数学

　　我国历史上的儒学大师非常多，但数学家、物理学家、化学家凤毛麟角。出现这种结果，跟封建社会的选才制度有关。科举考试只考四书五经，大家当然都争先恐后地学习四书五经。

　　事实上，我国在唐朝时一度把数学纳入了科举范围。显庆元年（公元656年），国子监开办了数学专科学校——"算学馆"，招收学生30人，设置算学博士和算学助教主持日常教学工作。这样，国子监内就有了国子、太学、四门、律学、书学、算学6个学馆。

　　政府还让李淳风编订了十部算经，即《周髀算经》《九章算术》《海岛算经》《孙子算经》《夏侯阳算经》《张丘建算经》《缀术》《五曹算经》《五经算术》《缉古算经》，统称"算经十书"，作为官方教材。让数学入科举，数学过关就可以做官，这在当时，可说是一项改革。

　　但是，到了晚唐，算科考试停止了。本有

可能大踏步前行的数学科目，在中国戛然而止，此后只靠几个民间数学爱好者支撑。停考的原因是，应试的人太少。原来，政府作了一个规定，国子博士的官阶是正五品上，算学博士的官阶却是从九品下，是官阶中最低的一级。其间，算学馆停了开，开了停，没有连续性，学生们也觉得没意思，只好另谋出路。

为什么历代当政者都不重视以数学为中心的科学，而只注重儒学呢？主要是因为数学对于专制制度毫无用处。一样的儒家典籍，你可以这样理解，我可以那样理解，每个统治者都能随便发挥，拿来为我所用，将其变成专制统治的护身符。

对数的传入

明代严禁民间研习历法，竟使基本上是为历法计算服务的传统高等数学几成绝学。只有明末欧洲传教士东来，才把世界上较先进的数学知识传入中国，改变了原来数学领域可悲的状态。欧几里得的几何学、算术笔算法及三角学，基本都是在明末传入的。

对数的传入是在清初，由波兰传教士穆尼阁和中国学者薛凤祚共同完成的。英国数学家纳白尔（1550—1617）于明万历四十二年（1614年）发明了对数。10年后，英国的巴里知（1556—1630）又研究了常用对数。

穆尼阁是于清顺治三年（1646年）来到中国的。其后五六年，薛凤祚到南京从师穆尼阁，学习西方新法，并协同穆尼阁翻译西方天文历算著作。他所著并刊行于康熙三年（1664年）

的《历学会通》，除了天文历法以外，还包括数学等多学科的知识。

数学部分包括传自穆尼阁的《比例对数表》《比例四线新表》《三角算法》和《正弦》。《比例对数表》和《比例四线新表》两书，分别是1至20 000的常用对数表和三角函数对数表，是对数方法在中国第一次以书籍形式出现，因而具有重要意义。穆尼阁的传授及薛凤祚的著书介绍，使对数传入我国。

此外，尽管《崇祯历书》对三角学作过介绍，但有些地方不够完整。《历学会通》所载《三角算法》介绍的平面三角法和球面三角法在完整性方面超过《崇祯历书》。平面三角采用配合对数计算，而球面三角除了《崇祯历书》介绍的正弦、余弦定理外，还有半角公式、半弧公式及德氏比例式等内容。

李善兰"创译"数学符号

当近代西方国家用巨舰、鸦片、商品打破清王朝紧闭的大门，古老的中国赖以维系社会的"圣位贤传"连同硬弓长矛，一齐败下阵去。使一些人从迷梦中惊醒，面对着庞大的西学体系，自觉地学习和研究起了新的技艺、学说。

数学是科学的一个分支。虽然中国古代数学成就非凡，但清朝时则显然落后了。人们便开始通过西方的传教士介绍新的数学知识，随之而来的就是一大批的数学译著以及闻所未闻的概念和古里古怪的符号。

晚清杰出的数学家李善兰，在西方传教士的帮助下，克服不通外文的困难，译述了大量科学著作：如《几何原本》后9卷（与伟烈亚力合作）、《代数学》等。他不仅向中国学者介绍了西方符号代数及微积分的知识，还创立了许多新概念、新名词、新符号。这些新东西引自西文原本，经李善兰的再创造，成为现今通用的词汇，如代数学、系数、根、方程式、函数、微分、积分、几何学等。

这些名词创设得较贴切，比如"函数"一词，李善兰解释为"凡此变数中函彼变数，则此为彼之函数"，这里"函"是包含的意思，与欧洲当时之概念十分相近。

至于数学符号，李善兰直接引入了西方符号，提供了简便实用的运算、分析方式，一直延续至今。

李善兰还创设了许多数学符号，如用"积"字的偏旁"禾"为积分符号等，这当然有些抽象，因而随时间而渐逝。对代数字母a、b、c之类，他以甲、乙、丙等来代替，数码一律写成一、二、三……这样，译出的文章多少有些艰涩，大概与中国古代数学本不重符号有关。

著书立说　荟萃中外

通过翻译西方的近代科学著作，尤其是数学著作，使李善兰开阔了视野，也了解到了西方先进的文化。在巨大的历史反差面前，他没有气馁，不甘于落后，他决心为祖国争光。

1859年，李善兰迁居苏州，入江苏巡抚徐有壬幕府。徐有壬也是当时有名的"算士"，李善兰时常与他讨论数学问题。1860年夏，太平军占领苏州，李善兰回到上海，埋头进行会通中西的数学研究，重新著书立说。

在帝国主义列强侵华战争和太平天国农民运动的冲击下，清政府中以奕䜣、曾国藩、李鸿章为代表的一批官僚，以"自强"、"求富"为口号，从19世纪60年代到90年代掀起了洋务运动。

当时，洋务派首领曾国藩、李鸿章要仿造洋人军火武器，对于与军火生产有关的西方数学、物理学的传播极为重视，因此，广泛招募人才。

1863年，曾国藩筹建了中国近代第一所兵工厂——安庆军械所，特地将李善兰聘为幕僚。同年，李善兰即由上海来到安庆曾国藩的幕府中。看到这近代

安庆军械所

又称内军械所，清末最早的官办新式兵工厂，1861年由曾国藩创设于安徽安庆，制造子弹、火药、枪炮。科学家徐寿曾在此主持制造中国第一艘轮船。所内"全用汉人，未雇洋匠"，集合了一批当时中国著名科学技术专家，如徐寿、华蘅芳、龚芸棠、徐建寅、张斯桂、李善兰、吴嘉廉等，还有上百名工人。1862年（清同治元年）8月，制造出我国第一台蒸汽机。同年底，试制成一艘小火轮，成为尔后"黄鹄"号的雏形。1863年初开始生产各种劈山炮和开花炮弹。1864年湘军攻陷南京后，迁往南京，后并入金陵机器制造局。该所的创办，是晚清近代军事工业和中国近代工业的发轫之举。

化的军事工业，李善兰似乎看到了民族振兴的希望。

一天，曾国藩问李善兰："您认为中国怎样才能富强？"

李善兰回答："中国落后的根源在于科学技术的落

后。中国要想富强必须发展科学技术。"

"您认为我现在应该怎么办?"

"您应该广泛招募各方面的科技人才,大家群策群力,为国家出力!"

"您认为哪些人比较合适呢?"

"张斯桂颇精通于制造洋器的办法。张文虎才思敏捷,精通算法,兼通经学、小学。容闳抱负不凡,常想效力于政府,使中国得以富强。"

"我很愿意他们到我这里来工作。"

这样,张文虎、张斯桂、容闳都应召前来。他们和李善兰、华蘅芳、徐寿都住在安庆南城任家坡馆舍内。他们成为洋务运动中的一支得力的科技力量。

有一天,曾国藩到安庆军械所来检查工作,李善兰马上把自己所译的《几何原本》后9卷拿给曾国藩看。"大人,您看这套书怎么样?"李善兰问。

曾国藩翻了翻说:"嘿,是一套好书。"

"我想应该让更多的人读到这套书,以便于他们了解到西方先进的数学知识。但以前刻印的很少,恐怕能读到此书的人很少。"

"您的意思是再印些?"曾国藩明白了李善兰的意思。

"多谢曾大人!"

《曾国藩家书》

曾国藩具有丰富的政治经验，深谙历代掌故，在击败太平军后，他自裁湘军，又把家书刊行问世，借以表明自己忠心为清廷效命，以塞弄臣之口。《曾国藩家书》从此风靡于世，历久不衰。后经多家取舍整理，形成多种版本。《曾国藩家书》记录了曾国藩30年的翰苑和从武生涯，书信近一千五百封。所涉内容极为广泛，小到人际琐事和家庭生计，大到进德修业、经邦纬国，是曾国藩一生的主要活动和其治政、治家、治学之道的生动反映。

李善兰顿时觉得自己的心潮就像奔腾的海涛一样，他无法抑制自己激动的心情。他认为自己通过科学救国的愿望将得以实现。

1864年，李善兰满怀希望地移住南京，整理自己的数学著作。他觉得很有必要将《几何原本》的前6卷及其他数学著作一并刻印，于是他又给曾国藩写了一封短信：

"曾大人，多年来我一直以为，中国之所以不强，关键在于科学技术落后，所以我努力译书，想把西方的科学都拿到中国来。可我的财力有限，许多译著不能刻印，如果曾大人能出资相助，我相信，这些著作出版后，一定会推动中国科学技术的发展。"

曾国藩看了这封信，觉得李善兰很有远见，马上回信，表示愿意帮助。

1865年，曾国藩派人为《几何原本》后9卷撰写了序言，由曾国藩签署。序言中对李善兰给予了很高的评价。这样，连同徐光启所译的前6卷一并付印。

1866年，曾国藩又从上海"邮至三百金"，资助李善兰刻书。收到汇款，李善兰高兴极了，他立即召集当时著名的数学家冯竣光、张文虎、贾步纬、曾纪鸿、汪日桢、汪士铎、徐寿、华蘅芳、孙文川、吴嘉善、徐建寅、丁取忠等开会。

李善兰首先作了发言："今天请大家来是有要事相商。由于曾公资助，我准备出一部书，名叫《则古昔斋算学》。"

与会的数学家都很兴奋，会议顿时活跃起来，你一言我一语，讨论有关的问题。

"我想出这部书，还得大家共同努力。"李善兰说。

大家都表示很愿意参加。

华 蘅 芳

华蘅芳，清末数学家、翻译家和教育家。字若汀，江苏常州金匮（今无锡）人。出生于世宦门第。少年时酷爱数学，遍览当时的各种数学书籍。青年时游学上海，与著名数学家李善兰交往，李氏向他推荐西方的代数学和微积分。1861年为曾国藩擢用，和同乡好友徐寿（字雪村）一同到安庆军械所，绘制机械图并造出中国最早的轮船"黄鹄"号。他曾三次被奏保举，受到洋务派器重，一生与洋务运动关系密切，成为这个时期有代表性的科学家之一。他与徐寿曾去上海墨海书馆拜访翻译西方近代科技书籍的数学家李善兰，并结识了外国传教士伟烈亚力、傅兰雅等人。

后来，这些位数学家纷纷为这本书进行了校算。《则古昔斋算学》是李善兰一生数学著作的集大成者。其中，《椭圆正术解》2卷、《椭圆新术》1卷、《椭圆拾遗》3卷，是采取新的方法，即以椭圆来进行计算。方法简单而严谨，远远超过西人。

《火器真诀》1卷利用椭圆曲线原理解决枪弹命中问题。这是我国第一部研究弹道学的著作。对后来数学家研究抛物线和射击命中问题启发很大。

《垛积比类》4卷体例清晰，逻辑严明，内容连贯，前后呼应。此书是自北宋沈括首创"隙积术"以后，研究高阶等级数求和问题。李善兰在书中列出了一系列三角垛的求和公式，并归纳得出闻名中外的"李善兰恒等式"。

《德麟术解》3卷发展了元朝"郭太史（守敬）授时术"，完善了记时方法。

《尖锥变法解》1卷是李善兰掌握了微积分方法以后与他自己早期创立的尖锥术在对数上作比较后写出来的。是对他早期著作《对数探源》的补充说明。

《则古昔斋算学》一书创造了传统数学研究的新水平。集中表现在尖锥术、垛积术、数根术等方面，同时又能兼收并蓄，成一家之言。在微积分、组合数学、数论与级数等领域内颇有见地，颇有独创。他的缜密思考和精辟的论述可以说是"仰承汉唐，荟萃中外"，影响了当时的一代学人。

李善兰怀着无限感激的心情，专程带着此书来到曾国藩府第，李善兰亲手把此书送给了曾国藩，曾国藩大为赞赏。

与此同时，李鸿章则资助李善兰重印《重学》3卷，并附《圆锥曲线说》3卷。

《则古昔斋算学》一书出版后不久，很多学子纷纷登门拜访李善兰。有的向他求教，有的向他表示祝贺，有的只是想认识一下这位数学天才。

一天，李善兰被张文虎邀请去参加一个盛大的庆祝会。走到会场的门口，会场内立即响起了雷鸣般的掌声。再看会场，张灯结彩，数以百计的人们目光都集中在李善兰的身上，李善兰还没弄清怎么回事，张文虎说："李善兰先生已经请到。"会场内再一次响起了震耳欲聋的掌声。

这时，李善兰突然意识到这个庆祝会好像是为他举行的。

"我们今天这次聚会是为了庆祝李善兰先生所取得的成就。《则古昔斋算学》一书的出版，轰动中外，巨大成就的取得是他智慧、汗水的结晶，我们对他表示衷心的祝贺！"

会场内又一次响起了热烈的掌声。

张 文 虎

张文虎（1808—1885）字孟彪，一字啸山，号天目山樵。张文虎勤奋好学，博览群书，学艺日精。他阅读唐宋学者对经书的注疏，加以融会贯通，简要地写下了自己的心得体会，成为张氏的一家之言，为时人所推重。所校《守山阁丛书》，共18种，60卷。《小万卷楼丛书》等多种，世称善本。张文虎精通天文、数学知识。1871年，张文虎充任曾国藩的幕僚，时值曾国藩的弟弟曾国荃在安庆校刊《王船山遗书》，命他参与督理此事。次年，洋务派首领李鸿章总制两江，聘请张文虎参与管理江南官书局，又次年，蜀督吴棠又聘张文虎赴川中，主持尊经书院讲席，张文虎终以路远和老病辞谢不往。

李善兰兴奋地说："我很高兴大家今天来祝贺我，但是成绩并非我一个人的。我每写一本书，都有大家的支持。如果没有大家的支持，那么就没有《则古昔斋算学》一书的问世。如果说这算做一点点成绩的话，那么这是大家的成绩，我只是做了我该做的。"

"李先生您几十年如一日地钻研数学，为什么您会有这么坚强的毅力呢?"一个与会者问。

"小时候学习数学是我的兴趣，到后来我从事翻译西方近代科学著作的时候，遇到了许多困难，我没有退却，那不再是兴趣! 我只有一个念头，要让中国人了解西方先进的科学技术，让我们的国家富强起来!"

"李先生，应该说您的数学成就是巨大的，怎样看待您的成就呢?"

"如果说我取得了一点点成就的话，我个人没什么，我只是想为中国争口气。为什么西洋人能做到的，我们中国人不能做到呢? 我认为中国人的头脑并不比西洋人笨，我是中国人，我要写出中国人的著作。"

听了李善兰的一番话，大家深受感动。从李善兰的身上，他们看到了半殖民地半封建中国社会的希望。

李善兰的话，时时萦绕在他们心头，激励他们去献身振兴祖国的事业。

1866年，北京同文馆内增设天文算学馆。同文馆原是培养外语翻译的高等学校，1862年初创办，学习英文、法文、俄文。洋务派因制造机器的需要，增设算学馆，招收30岁以下科甲正途人员入学，学习天文、算学，学业7年。

1867年，广东巡抚郭嵩焘奏称李善兰"精通算术，尤其精通西洋数学，可入同文馆"。

当时，李善兰正忙于出版《则古昔斋算学》一书，而未能上任。

李善兰在曾国藩幕府任职多年，曾国藩认为李善兰是一个少有的人才。因此，曾国藩屡次想要向上举荐提拔他。但李善兰都推辞未受。他认为中国落后的根源在于科学技术的落后，他决心把自己毕生的精力奉献给科学事业。

京师同文馆

仰承汉唐 荟萃中外
——近代数学家李善兰

京师同文馆

1862年8月24日，京师同文馆正式设立，以培养翻译和外交人才。同文馆附属于总理衙门，是清末最早的洋务学堂。先设立英文、法文、俄文班，后陆续增设德文、日文班以及算学、化学、万国公法、医学生理、天文、物理、外国史地等。招收学员，最初从八旗儿童中挑选，后来从贡生、举人提高到进士、翰林院编修、检讨等正途出身的京外各官，年龄放宽到30岁，也不专限八旗。学制分3年、5年、8年不等。除汉文外，其他课程均聘外国人教习。该馆还设有印刷所，译印数、理、化、历史、语文等方面书籍。对中国近代科学技术的传播起了一定作用。前后办理二十余年，入馆学员约三百人。1902年并入京师大学堂（北京大学的前身）。

天 元 术

要运算一个实际问题，一般要分两步进行：第一步要根据问题给出的条件列出一个包括未知数的方程，第二步是解方程求出它的根。天元术就是建立代数方程的一般方法。由于所说的未知数在当时称为天元，所以这种方法就被称为天元术。

中国古代很早就有了方程筹算的表示法，但如何建立方程却还没有一个通用的方法。据史书记载，可能到了12世纪有了天元术这一一般方程式的雏形，但直到元代李冶的《测圆海镜》《益古演段》里才有了比较详细的天元术的内容记载。也就是说，从数学史角度看，直到13世纪下半期才有了比较成熟的天元术这一普遍列方程的方法。

元代天元术和现代列方程的方法极为相似。它首先是"立天元一为某某"，亦即现代的"设

X为某某"的意思，其次再根据问题给出的条件列出两个相等的多项式，令二者相减即可得出一个一端为零的方程。这种以相等的两个多项式相减以列出方程的步骤，被称为"同数相消"或"如积相消"。

在天元术中写出一个多项式，常常是在一次项旁记入一个"元"字，或正常项旁记一个"太"字。

天元术只表示一个未知数，即一元。但它的设未知数解方程在世界数学史上占有重要地位。在欧洲，16世纪以前的代数方程式还是用文字来叙述表达的。那时要说明一个数学问题解一道方程，要用很多文字来说明，简直如写一篇文章。直到16世纪，法国数学家韦达建议用元音字母代表已知量，用辅音字母代表未知量，数学符号才出现，但它要比我国元代天元术代表未知量晚数百年。

四 元 术

天元术出现后不久又出现了天元、地元两个未知数，又出现了天元、地元、人元三个未知数，最后推到天元、地元、人元、物元"四元术"，即用天、地、人、物作未知数表列的四元高次方程组。

祖颐在为朱世杰的《四元玉鉴》所作的后序中，在叙述由天元发展到四元的过程时说："平阳李德载因撰两仪群英集臻兼有地元，霍山邢先生颂不高弟刘大鉴润夫撰乾坤括囊末仅有人元二问，吾友燕山朱汉卿（世杰）先生演数有年，探三才之赜，索九章之隐，按天、地、人、物，立成四元。"李德载、刘大鉴的著作已无传本，关于四元术内容的记载目前主要见朱世杰的《四元玉鉴》，《四元玉鉴》对高次方程组有固定的记法。

四元术的解题用四元消法，即把四元消去一元变成三元三式，再消去一元变成二元二式，再消去一元就得到一个只含一元的天元开方式，然后用增乘开方法求正根，并用分数表示正有理根或无理根的近似值。

以朱世杰的《四元玉鉴》为例，其二元多行式的消法是采用"互隐通分相消"，及所谓"左右进退"、"横冲直撞"等方法，即由该方程组经过变形得到一个一元的高次方程。三元式和四元式的消法又采用"剔而消之"法，使该方程式最后亦变为一个一元的高次方程。

运用四元消法可解决求解任意四元高次方程组的问题，使之化为一元进而解决之。在欧洲，高次方程组的消去法问题，只有到了18世纪法国数学家别卓（1779年）的著作中才有系统的叙述，后又经英国数学家西勒维思特（1840年）和凯雷（1852年）等人的工作，方才出现了完整的消去法理论，比我国元代晚400年至500年。欧洲数学家们所建立起来的乃是着重讨论消去的可能性以及普遍的消去法理论，在解决具体的多元高次方程组方面，我国元代的消去法至今仍有一定的参考价值。

徐光启与爱因斯坦对《几何原本》的评价

徐光启在评论《几何原本》时说过："此书之益能令学理者祛其浮气，练其精心；学事者资其定法，发其巧思，故举世无一人不当学。"其大意是：读《几何原本》的好处在于能去掉浮躁之气，练就精思的习惯，会按一定的法则，培养巧妙的思考。所以全世界人人都要学习几何。

徐光启还说："能精此书者，无一事不可精；好学此书者，无一事不可学。"

爱因斯坦认为："如果欧几里得未激发你少年时代的科学热情，那你肯定不是天才科学家。"

《几何原本》前6卷的翻译工作

《几何原本》传入中国，首先应归功于明末科学家徐光启。

徐光启（1562—1633），字子先，上海吴淞人。他在加强国防、发展农业、兴修水利、修改历法等方面都有相当的贡献，对引进西方数学和历法更是不遗余力。他认识意大利传教士利玛窦之后，决定一起翻译西方科学著作。利玛窦主张先译天文历法书籍，以求得天子的赏识。但徐光启坚持按逻辑顺序，先译《几何原本》。

对徐光启而言，《几何原本》有严整的逻辑体系，其叙述方式和中国传统的《九章算术》完全不同。这种区别于中国传统数学的特点，徐光启有着比较清楚的认识。他还充分认识到几何学的重要意义，他说"窃百年之后，必人人习之"。他们于1606年完成前6卷的翻译，1607年在北京印刷发行。

清代数学仪器的引进与改进

清康熙皇帝在位期间，很重视引进外国先进的数学仪器。这些仪器进入中国后，一般在功能上得到了进一步的改进。

康熙曾命令引进帕斯卡计算器和纳皮尔的算筹，并令人仿制。故宫中珍藏了10台计算器，据考证，当为康熙晚年间制造，是仿造并加以改进的。据史料记载，17世纪40年代和70年代，法国数学家帕斯卡（1623—1662）和德国数学家莱布尼茨分别发明了计算器。但前一种计算器仅可作加减法运算，且只能计算6位数；后一种计算器仅可用做加、乘法运算。故宫所藏计算器，可进行多达12位数的计算，有的适用加减乘除四则运算，有的还可进行平方、开方运算。

在《数理精蕴》中，记载了我国使用对数计算尺。该书载有4种尺度：假数尺（对数尺）、正弦假数尺、切线假数尺、割线假数尺，也介绍了尺度的画法与用法。对数计算尺为英人甘特（1581—1626）发明于17世纪20年代。故宫珍藏了铜制、象牙制许多计算尺，有的还标有"康熙御制"字样。显然是当年仿甘特计算尺制造而成。

伽利略比例规传入中国后，在康熙年间也有发展。故宫珍藏许多铜、银及象牙制比例规，比例线条或三五种，或十余种。故宫中还有铜、银制量角器。有些比例规和量角器刻有"康熙御制"。

中国古代最大的科举考场——江南贡院

传道授业　献身科学

1868年，李善兰应诏入都，任天文馆总教习，教习相当于教授（到1884年，清政府聘用西人教习28人，中国人任科学教习的仅李善兰一人）。李善兰从此完全转向数学教育和研究，直至去世。清政府先后授予他中书科中书、内阁侍读、户部主事、广东司行走、总理各国事务衙门章京等官衔，但他专注于教育，未曾离开同文馆。

李善兰的教学态度十分认真，在教学过程中，重视启发学生学习的自觉性、主动性，强调实事求是的学习态度。要求学生多读多算，有不懂的地方要请教别人，直到弄懂为止。

在教学方法上他强调学习与思索的关系。他说："只学习不思索，就不会有创新，只思索不学习也不会有所作为。"

李善兰教学的目的是把先进的自然科学知识传授给后人，以便为祖国培养出更多的人才，为国家的振兴、民族的独立奉献自己的力量。

李善兰教出的学生先后有百余人，根据成绩，有的到外省做官，有的去留洋。其中有名的学生有席淦、

清光绪京师大学堂修业证书

贵荣、熊方柏、陈寿田、胡玉麟、李逢春、杨兆塑、汪凤藻等人。

李善兰和他的学生经常在一起畅所欲言，无所不谈。李善兰不仅教他的学生们数学，而且教他们如何做真正的中国人。

他的一个学生曾经问他："老师，您有机会做官，为什么不去做官？做官就有权，就有钱，现在哪个当官的不都是'三年清知府，十万雪花银'呢！"

李善兰说："国家处于危难之际，我要教授很多学生，然后你们再去传播知识，去创新知识，去证明中国人的智力并不比西洋人的差，要为国争光。"

由于李善兰知识渊博，所以在教学中，许多内容都联系天文、地理、火器、测量的实际问题，以便培养出对国家有用的人才。李善兰在这个时期所出的考题被他的学生汇编成4册，名叫《算学课艺》。

可以说，李善兰也是一个诲人不倦的教育家。他的弟子曾以"循循善诱"来赞扬他。

在他的培养下，他的许多学生在传播近代科学技术知识方面起过重要作用。

同文馆总教习丁韪良说："这都是李善兰教学有法的结果，他会通中西之学术，耐心施教，才使算学复兴于世。"

李善兰的名字，人们已经不感到陌生，李善兰的故事传遍大江南北、长城内外。

中国古代著名书院——应天书院

仰承汉唐 荟萃中外
——近代数学家李善兰

丁韪良

丁韪良（1827—1916），美国基督教长老会传教士。1846年毕业于印第安纳州大学，入新奥尔巴尼长老会神学院研究神学。1849年被任命为长老会牧师。丁韪良是清末在华外国人中首屈一指的"中国通"，也是一位有争议的历史人物。1850年，丁韪良在长老会神学院毕业后，派来中国，在宁波传教。随后为美国政府提供太平天国情报。1862年一度回国，不久又来华，在北京建立教会。1865年为同文馆教习，1869年至1894年为该馆总教习，并曾担任清政府国际法方面的顾问。1885年，得三品官衔。1898年，得二品官衔。1898年至1900年，任京师大学堂总教习。著有《花甲忆记》、《北京之围》、《中国人对抗世界》、《中国人之觉醒》等书。丁韪良第一次正式地、全面地将国际法著作介绍到中国。

李善兰已赢得了同时代国内外学者的尊敬。

伟烈亚力称赞他说："李氏精思四载，乃得对数理论。倘若生于讷氏（纳百尔）、盖氏（高斯）之时，则只此一项，即可闻名于世。"

傅兰雅说："西方最深算题，请教李君，亦无不冰解。想中国有李君之才者极稀，也为世界所不多。"

他的书传到日本，令日本人佩服。他制定的一套汉语数学译名，也很快被日本数学界接受。

洋务派头面人物张之洞在他编撰的专列过世学者的《清朝著述诸家姓名略》中，特意把还在世的李善兰列选其中。张之洞说："五十年来为此学（算学）者甚多，此举其著述最显著者：梅文录、瞿士琳、李善兰为最。"

他还强调："此编生存人不录，李善兰乃生存者，以天算为绝学，故录一人。"

李善兰在教学中，为了弘扬祖国的文化，很推崇我国传统数学，特别对元代李冶的《测圆海镜》更是推崇备至。1875 年由他主持在同文馆铅版印行《测圆海

湖广总督张之洞非常欣赏李善兰

仰承汉唐　荟萃中外
——近代数学家李善兰

张 之 洞

张之洞（1837—1909），字孝达，号香涛、香岩，又号壹公、无竞居士，晚年自号抱冰。汉族，清代直隶南皮(今河北南皮)人，洋务派代表人物之一，其提出的"中学为体，西学为用"，是对洋务派和早期改良派基本纲领的一个总结和概括。张之洞最为后人称道的是其在中国教育由封建传统向现代化迈进过程中所作出的历史性贡献。在督鄂期间，张之洞致力于改造旧式书院、创办新式学堂。在张之洞的领导下，湖北教育通过由低等向高等、由普通向专业、由省城向州县的发展，逐步形成了一个地区性的现代教育体系，其教育规模和质量在当时全国处于领先地位。在这个历史进程中，在张之洞本人的具体策划和亲自指导下，湖北地区先后成立了自强学堂、武备学堂、农务学堂。武汉科技大学的前身——湖北工艺学堂也是在这个历史时期在张之洞的策划和指导下诞生的。张之洞与曾国藩、李鸿章、左宗棠并称晚清"四大名臣"。

镜细草》12卷，李善兰亲自作序。他说："我能走上数学研究的道路是由于受《测圆海镜》的启发，后来译西方算书，能够做到'信笔直书'，也是读了此书的缘故。我认为《测圆海镜》中的天元术与西方的代数是一致的。"

他把此书作为学生的必读之书，非常希望学生们能够学好。

李善兰十分博学，对于数学、物理学、植物学、天文学等学科及文学都有所涉猎和研究。他在数学普及和人才培养方面作出了重大贡献，成为博学多才的一代学者。

李善兰十分重视科学，认为"国家因此而富强"。他生活的时代，正是欧洲资本主义列强打开闭关自守

中国古代著名教育机构——国子监

仰承汉唐　荟萃中外
——近代数学家李善兰

的中国大门、开始瓜分中国的时期。李善兰认为西方的强盛在于"算学明"，他专注于研究西方科学、著书和教学。其目的是为了"异日人人习算，制器日精，以威海外"。他希望有朝一日中国人人都精通数学。他孜孜不倦、辛劳终生，把全部精力献给了科学和教育事业。

由于用心过度，积劳成疾，李善兰于1874年在京患了中风症（即今天所说的半身不遂），行动不便，即使是挪移咫尺之遥，也须人扶侍。

在他患病期间，他的许多学生都来看望他。

看见他的床头有很多书，大家都劝他要注意身体。

他点点头。

一次，他的学生陈寿田来看望他，刚一进屋，就被屋里的场面惊呆了：老前辈躺在床上，嘴眼似乎有些歪，一只手有些颤抖，另一只手正拿着一本数学书。当陈寿田进来的时候，老师竟一点儿也没有发现。陈寿田也没有马上去打扰老师。

此刻的陈寿田，心里别有一番感触：老师一生不慕荣利，敝衣粗食，他可以放弃升官发财的机会，就是不能放弃对科学的追求。

他看着老师，不一会儿，老师用那只笨拙的手去翻书，一下、两下、三下！书还是没有翻过去，老师又把书放在了床上，然后慢慢地很吃力地侧了侧身，用那只刚才拿书的手把书翻过了一页。又用那只手拿起了书继续看着，或许是由于看书的时间太长，拿书的手抖了抖，书落到了地上……

这时，陈寿田的眼圈湿润了，他再也无法控制住

清末民初的大学生军训（上海圣约翰大学）

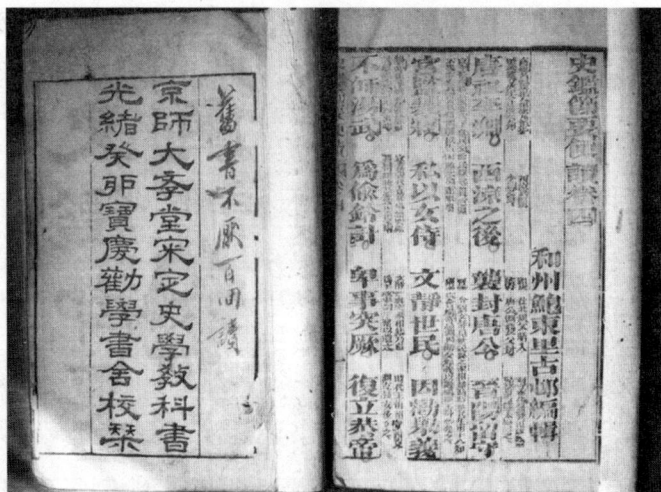

自己，两行热泪顺着脸颊流了下来，是感动还是心疼？
他自己也说不出来。泪水落到了老师的手上，浓浓的
师生情融到了一起……

　　"老师，您现在身体这么不好，为什么不好好休息
呢？如果说成就的话，您已经是国内外知名的数学家，
您的著作令中外学者青睐。如果说作为一个老师，您
已是桃李满天下……"

　　"我的一生就像春蚕一样，我已把我的生命奉献给
了科学，只要我还有一口气，我就要钻研数学。"

　　陈寿田真的无话可说，他为他有这么一位尊师而
感到骄傲。他的老师确实是一位有骨气的中国人。在
老师的身上，他看到了中国的希望！他相信，终究会
有一天中国将屹立于世界的东方……

这天晚上回到住处，陈寿田久久不能入睡，他想着他的老师，自从他认识老师的那天起，老师就总是那么孜孜不倦地从事教学、钻研科学。他觉得他的老师就像一支燃烧的蜡烛，想着想着他睡着了。

　　他梦见一支蜡烛燃尽了，但它周围的大地却燃起了熊熊大火，照亮了古老的大地，照亮了世界的东方……

　　李善兰病情稍有好转，便又从事教学和研究工作了。他的学生永远忘不了：在一个风雨交加的深秋的早晨，李善兰拄着拐杖去给学生们上课，虽然路途很近，但他走了一个小时。当他走进同文馆时，衣服已被雨水淋透，身上还带着泥巴，从他的形象看，同学

清华学堂

仰承汉唐　荟萃中外
——近代数学家李善兰

们就知道老师走路时一定是滑倒了。

这时，同学们都在想，为什么不见今天去接老师的那位同学呢？大家怀着愧疚的心情看着老师。

原来，班里的学生决定大家轮流去接老师，每天一个，可是今天负责接老师的那位同学没来。后来大家才知道，那位同学就在去接老师的路上，由于着急，不小心扭伤了脚……

一个学生站起来，要把自己的衣服给老师换上，接着大家都站了起来，争先恐后地相让。

李善兰被感动了！在这群热血青年的身上，他看到了中华民族的希望。他说："大家快请坐，我没什么，不凉！衣服不凉！一会儿就会干的！"

同学们你看看我，我看看你，心里再也不能平静了！

这是一群热血方刚的青年，他们都信奉着"男儿有泪不轻弹"的警句。但在今天，此时此景，他们的泪水就像断了线的珍珠，流到脸颊，洒落到桌子上的课本上，他们的眼前模糊不清了。他们似乎觉得他们面前的这位老师不是一位老者，因为在他的身上充满着朝气，他是那么伟大，他们多么希望他再年轻些，和他们在一起的时间再长些……

这堂课大家上得很认真，大家的目光始终跟着老师那不十分灵活的举止。老师讲起课来总是那么严谨，大家都觉得有这么一位老师真是三生有幸。

下课了，几个同学把老师送回了家。

由于淋了风雨，李善兰病倒了，同学们都纷纷劝他说："老师下次课停一次吧！"

李善兰点了点头。

可在下一次上课时，李善兰还是自己拄着拐杖来了！

李善兰在十多年的教学中总是这样，从来不耽误一次课，无论是烈日炎炎的夏季，还是严寒的冬季！

李善兰在教学之余，继续从事研究工作，他怀着为国争光的远大抱负，带病坚持工作。在此期间，他写成了《考数根法》1卷，在这部著作中，他证明了著名的费马素数定理，为世界数学的发展作出了贡献。68岁时，他还演算了英国大书院包尔所出的代数难题第13卷。

李善兰克服着常人难以想象的困难，从事研究工作。年老眼花，体虚多病，行动又十分不便，就在他逝世前的几个月里，还在撰著《级数勾股》2卷。

由于疲劳过度，又加上气候严寒，他身体极度虚弱。到1882年12月，李善兰的病情急剧加重。

1882年12月，严冬的寒气侵袭着祖国北方的大地。李善兰的病情恶化，12月9日，伟大的数学家李善兰的心脏停止了跳动，享年71岁。

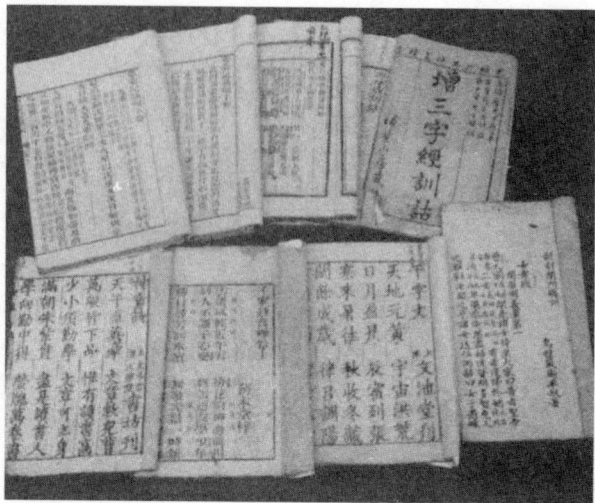

李善兰是我国近代科学先驱，著名的数学家。

他生活在我国由封建社会向半殖民地半封建社会的转折时期。他怀着为国争光的决心，以一个正直的科学技术人员的精神，以超人的智慧和实干精神，全身心地投入了数学的研究工作。

他继承了我国古代数学的成就，又以极大的热情传播西方科学文化，"仰承汉唐，荟萃中外"，把自己的一生献给了我国的数学事业。

他一生硕果累累，为发展祖国的数学事业作出了巨大的贡献，赢得了中外数学界的崇敬。

他无愧为一位有民族骨气、有民族自信心的中国人，他为后人留下了丰富的数学著作和科学译著，他那为国争光的决心和勤谨治学的态度为后人树立了楷模。

珠算的起源

珠算是我国古代劳动人民的伟大创造，但它究竟起源于何时，珠算史家们说法不一。根据已有珠算史料，综合各家之言，可以得出以下结论：

1. 萌于商周

珠算是以珠做计数元件，用一定方式排列，用以表示数字，然后根据五升十进制原理进行计算。我国至迟在三千多年前的商代就已有了完备的十进制计数系统。目前发现的最早的用来计算的圆珠便是西周时期的陶丸。因此，珠算的萌芽，可远溯至三千多年前的商周时期。

2. 始于秦汉

最早出现"珠算"一词的，是东汉徐岳所著《数术记遗》。书中一共记载了我国汉代以前的14种算法及算具，即积算、太一、两仪、三才、五行、八卦、九宫、运筹、了知、成数、把头、龟算、珠算、计算。对"珠算"

方法的记载原文为："珠算：控带四时，经纬三才。"这种"珠算"被称为"算板"，它与现在所使用的算盘有所不同，但其计算原理已是五升十进制，所以可视为现代算盘的前身。

3.成于唐宋

现今所使用的这种算盘何时开始出现呢？根据现有史料推断，最迟在宋代已出现现在所使用的算盘。

史料依据1：巨鹿算珠。宋徽宗大观二年（公元1108年），河北省巨鹿县故城因黄河泛滥而被湮没。1921年7月，前北平国立历史博物馆派员前往巨鹿三明寺故址发掘，获得王、董二姓故宅地下的木桌、碗箸、盆、石砚、围棋子、算盘子等二百多件，其中掘得算盘珠一颗，此珠木质，扁圆形，与如今通用的算盘珠大小相仿，只稍扁，这颗算珠现由北京历史博物馆收藏。

史料依据2：《清明上河图》。《清明上河图》

是北宋大画家张择端的著名作品。这幅画生动地再现了当时汴京城内人民的生活、生产、商业贸易以及集镇、农村的真实面貌。在接近全图的最后部分，也就是画卷的最左端，有一家称为"赵太丞家"的药铺的柜台上放着一架算盘。

《清明上河图》虽出于宋代，但这幅画中所表现的算盘，必然是在这张画完成相当长的年代以前早就出现了的东西。北宋之前的53年是战乱频繁的五代十国，在社会动荡、民不聊生的情况下，谈不上科学技术的发展，因此可以推断《清明上河图》中的算盘可能是在唐末以前便出现了。

《清明上河图》

中国古代数学家秦九韶

秦九韶（1202—1261），字道古，普州安岳县（今四川安岳）人，南宋著名数学家，与李冶、杨辉、朱世杰并称"宋元数学四大家"。1231年，秦九韶考中进士，先后担任县尉、通判、参议官、州守等职。秦九韶在政务之余，以数学为主线进行潜心钻研，而且应用范围极为广泛，包括天文历法、水利水文、农耕、军事、商业金融、建筑、测绘等方面。秦九韶创造了"大衍求一术"，不仅在当时处于世界领先地位，在近代数学和现代电子计算设计中，也起到了重要作用，被称为"中国剩余定理"。秦九韶所论的"正负开方术"，被称为"秦九韶程序"。现在，世界各国从小学、中学到大学的数学课程，几乎都接触到他的定理、定律和解题原则。秦九韶在数学方面的研究成果，比英国数学家取得的成果要早八百多年。

中国传统数学框架的确立

战国时期，生产关系发生极大变革，生产力得到长足发展，思想界互相辩诘，百家争鸣，人们的数学知识也取得更大的进步。

经过长期积累，最晚到战国时期，形成了"九数"，即数学的9个分支：方田、粟米、差分（后称衰分）、少广、商功、均输、盈不足、方程、旁要（后扩充为勾股），它们形成了中国传统数学的基本框架。

人们编纂了《算数书》《周髀算经》《九章算术》等著作，包括分数四则运算法则、比例（今有术）与比例分配（衰分术与均输术）算法、盈不足术、勾股定理与解勾股形方法和测望问题、若干面积与体积公式、开平方法与开立方法、线性方程组解法（方程术）、正负数加减法则等内容，在若干领域超前其他文化传统几百年甚至上千年。

《九章算术》等著作以抽象的算法（术）为

中心，术文统率例题，密切联系实际，决定了此后两千余年中国和东方数学的特点与风格。《九章算术》的问世，标志着世界数学中心从古希腊转移到了中国，也标志着数学研究从以定性研究为主转变为以定量研究为主。然而这些著作都没有推理和证明，是其严重缺点。

中国古代著名书院——岳麓书院

算经十书

唐代国子监内设立算学馆，设置博士、助教，指导学生学习数学。唐高宗显庆元年（公元656年），把《周髀算经》《九章算术》《孙子算经》《五曹算经》《夏侯阳算经》《张丘建算经》《海岛算经》《五经算术》《缀术》《缉古算经》等汉、唐一千多年间的10部著名数学著作，作为国家最高学府的算学教科书，用以进行数学教育和考试，后世通称为"算经十书"。

这10部算书，以《周髀算经》为最早，不知道其作者是谁，据考证，它成书的年代当不晚于西汉后期（公元前1世纪）。《周髀算经》不仅是数学著作，更确切地说，它是讲述当时的一派天文学学说——"盖天说"的天文著作。就其中的数学内容来说，书中记载了用勾股定理来进行的天文计算，还有比较复杂的分数计算。当然不能说这两项算法都是到公元前一世纪才为人们所掌握，它仅仅说明在现在已经知道的资料中，《周髀算经》是比较早的记载。

对古代数学的各个方面全面完整地进行叙述的是《九章算术》，它是10部算书中最重要的一部。它对以后中国古代数学发展所产生的影响，正像古希腊欧几里得（约前330—前275）的《几何原本》对西方数学所产生的影响一样，是非常深远的。在中国，在一千多年间《九章算术》被直接用做数学教科书。它还影响到国外，朝鲜和日本也都曾拿它当做教科书。

中国古代著名书院——东林书院

中国古代数学名著《孙子算经》

《孙子算经》约成书于4世纪至5世纪，作者生平和编写年代均不详。现在传本的《孙子算经》共3卷。卷上叙述算筹记数的纵横相间制度和乘除法则，卷中举例说明算筹分数算法和算筹开平方法。卷下的第31题，可谓是后世"鸡兔同笼"题的始祖，后来传到日本，变成"鹤龟算"。

具有重大意义的是卷下第26题："今有物不知其数，三三数之剩二，五五数之剩三，七七数之剩二，问物几何？答曰：'二十三。'"

《孙子算经》不但提供了答案，而且给出了解法。南宋大数学家秦九韶则进一步开创了对一次同余式理论的研究工作，推广"物不知数"的问题。德国数学家高斯（1777—1855）于1801年出版的《算术探究》中，明确地写出了上述定理。1852年，英国基督教士伟烈亚力（1815—1887）将《孙子算经》中"物不知数"问题的解法传到欧洲。1874年，马蒂生指出孙子的解法符合高斯的定理，从而在西方的数学史里将这一个定理称为"中国的剩余定理"。

中国古代数学名著《海岛算经》

《海岛算经》由三国时刘徽（约225—约295）所著，最初是附于他所注的《九章算术》之后，唐初开始单行，体例亦是以应用问题集的形式。研究的对象全是有关高与距离的测量，所使用的工具也都是利用垂直关系所连接起来的测竿与横棒。有人说是实用三角法的启蒙，不过其内容并未涉及三角学中的正余弦概念。本书被收集于明成祖时编修的《永乐大典》中，现保存在英国剑桥大学图书馆。

此外，刘徽对《九章算术》所作的注释工作也是很有名的。一般地说，可以把这些注释看成是《九章算术》中若干算法的数学证明。刘徽注中的"割圆术"开创了中国古代圆周率计算方面的重要方法，他还首次把极限概念应用于解决数学问题。

《海岛算经》共有9道题，全是利用测量来计算高深广远的问题，首题测算海岛的高、远，故得名。《海岛算经》是中国最早的一部测量数学专著，也为地图学提供了数学基础。

中国古代的进位制

进位制的问题是跟数学密切相关的问题。今天我们似乎不再特别关注这个问题，除了计算机语言中会用二进制，其他很多事情都统一到"十进位"中来了。一元分成十角、一斤分为十两、一厘米等于十毫米……但在古代，或者在秦始皇统一度量衡之前，进位制是相当复杂的，这也就是为什么在先秦的典籍中有那么多单位的原因。

举个例子来说，在天文学中，用来计算长度的单位可以分为几级，度、里、步、分，从大到小，它们之间所遵循的进位制并不相同。我国很早就已运用了十进位，但这个十进位与阿拉伯系统似乎有点区别，首先在数字的排列上，我们没有0号，在我们的系统中有"零"字，但这个零并不意味着没有，相反它正是表示还有一点。阿拉伯从0至9为一个连续基数，我们则是从一至十，可见前者是向前延伸了一步，我们是向后拓展了一步。虽然差别是如此之小，但是代表了不同的理念和知识。

传统算盘为何上二下五珠

我国传统算盘为上二下五珠，上面一粒表示"5"，下面一粒表示"1"，在用算盘进行计算时采用"五升十进制"，即每一档"满5"时便用一粒上珠表示，每一档满"10"时便向前一档"进1"。依此每一档只要用上一下四珠就够了，为什么我国传统算盘是上二下五珠呢？

原因之一：我国古代计算重量时采用的是"16两制"，即1斤等于16两。我们现在常说某两个人半斤八两，这是指他们彼此一样，不相上下。但是半斤是半斤，八两是八两，怎么会相等呢？原来，我国古代重量单位制中规定1斤等于16两，所以半斤就等于八两了。

上二下五珠，每一档可计算到"15"，这样"满16"就向前一档进一，所以我国传统的上二下五珠算盘是为适应十六进制而形成的。

原因之二：是古代乘法采用"留头乘"，上一珠不够用，必须要上二珠，一直到现在，一些老财会人员受了长期习惯影响，仍喜爱使用上二下五珠算盘，但目前国内外使用的均是上一下四珠算盘。

古书上的算术难题

我国的文化源远流长，有很多令人称叹的地方。一道来自古书上的算术题，想做对可没那么容易。

下题是《九章算术》中的一道算术题，现代的你看看是否能读懂做出来吧。

原文："今有贷人千钱，月息三十。今有贷人七百五十钱，九日归之，问息几何？"

翻译成现代汉语就是："贷款七百又五十，

千钱每月息三十；借期限定为九日，多少利息要开支?"

答案解析：

这道题即是《九章算术》的"贷人千钱"。其实题目并不难，难的可能是这些古文。

先来把题目通俗化，可以是：某人借款750文，约定9日归还，以月利率"千文钱付息钱30文"来计算利息。问：归还时应付利息多少?

然后再来解题：题目中的月利率"千钱每月息三十"，若用百分数来表示，就是：假定其借款时间为一个月，那么这750文钱应该付的利息就是：

$$750 \times 30‰ = 750 \times 0.03 = 22.5（文）$$

然而，他的借期只有9天。根据借贷常规，如果要按日计算利息的话，那么每月就以30天来计算。所以这9天应付的利息便是：

$$22.5/30 \times 9 = 6.75（文）$$

李善兰的诗歌

李善兰潜心科学，曾任北京同文馆算学总教习。历官钦赐中书科中书、内阁侍读，升户部主事、员外郎、户部正郎、总理各国事务衙门章京。著有《则古昔斋算学》13种24卷、《火器真诀》1卷，等等。翻译《重学》20卷、《曲线说》3卷、《代数学》14卷、《考数根法》1卷、《代微积拾级》18卷、《新译几何原本》13卷。

李善兰较早地阐发了微积分的初步理论，并提出"李善兰恒等式"。除了数学，他还在天文学、力学、植物学等方面有许多研究著作，为介绍和传播西方近代科学知识作出了巨大贡献，从而揭开了中国近代科学技术史的序幕，当时学界人称他"步算中西独绝伦"。

其实，李善兰除了潜心科学外，还十分喜欢写诗作文，他的《听昔轩诗存》中收录了二百余首诗。颂花吟月，谈天说地，诗情言怀，忧民斥敌，无所不有，读来让人爱不释手，清代诗人蒋学坚说他是"煜煜文星耀九天"。广为人知的是他的《乍浦行》《汉奸谣》《刘烈女诗》等诗篇，抒发了他的情怀，同时鞭挞了投降派。

李善兰还有一首《观潮歌》七言古体，也堪称上品：

蓬瀛仙人太狡狯，剪取云海一匹练。袖归三岛人不觉，夜深抛向沧溟南。天河坠海不可收，化作涛头银一线。神龙殖货多奇宝，见此玉虹为绝倒，整甲忽与神仙争，被练三千明皜皜。前鸣鼍鼓后鲸钟，吞云浴日天为杳。雷声卷地百里疾，雪花喷空九霄湿。蜃楼崩摧璇台圮，瘦蛟怒立鲛人泣。隔云无数烟鬟轻，青腰玉女何娉婷。仙骨不愁风波恶，姗姗微步来观兵。神鞭一挈石流血，祖龙望洋空叹息。竹杖飞空鳞甲张，我欲扶桑看日出。

伟烈亚力

伟烈亚力（1815—1887），英国汉学家，伦敦传道会传教士。1846年来华。伟烈亚力在中国近三十年，致力于传道、传播西学，并向西方介绍中国文化，在这几个方面都有重要贡献。1877年返回伦敦定居，1887年2月10日去世。

伟烈亚力在墨海书馆结识王韬、李善兰等中国学者。他们在墨海书馆工作之余，经常在一起探讨学术。有一次，王韬、伟烈亚力和李善兰三人在一起讨论问题，王韬问："西方自古以来有多少位天文学家？"伟烈亚力取出一本英国天文学家赫歇尔1849年所著的《天文浅说》，并开始口述内容，王韬随即用毛笔记录。伟烈亚力用10天时间讲完全书，王韬将所记录的整理成书，交由墨海书馆出版，名为《西国天学源流》。

伟烈亚力和王韬共同翻译过介绍英国东印度公司历史的《华英通商事略》和介绍力学知识的《重学图说》。

伟烈亚力又和李善兰合作，将利玛窦、徐光启在二百多年前翻译了一半的欧几里得《几何原本》，继续翻译出来。

伟烈亚力与李善兰合译的书籍还包括《数学启蒙》《代数学》以及根据美国纽约州立大学数学教授伊莱亚斯·罗密士原著翻译的《代微积拾级》。《代数学》和《代微积拾级》二书，第一次将解析数学引入中国，不但在中国影响很大，而且经日本数学家翻译成日文，在日本出版。

伟烈亚力不但对西学东渐作出重要的贡献，他在东学西渐方面的工作更是功不可没，是公认的汉学家。伟烈亚力热心中国文化，收罗大量中文古典文献，有近二万种。他在

1867年在上海出版的《中国文献录》，介绍了两千多部包括古典文学、数学、医学和科学技术等方面的中国古典文献，至今仍无人能及。

　　伟烈亚力最为西方学者推崇的著作，是他1852年在《北华捷报》（《字林西报》前身）发表的论文：《中国数学科学札记》。伟烈亚力在文中详述《通鉴纲目》《书经》《九章算术》《孙子算经》《数术记遗》《夏侯阳算经》《海岛算经》《五曹算经》《周髀算经》《五经算术》《张丘建算经》《缉古算经》《数书九章》《详解九章算法》《乘除通变本末》《弧矢算术》《测圆海镜》等中国古代典籍和数学著作。

中华魂·百部爱国故事丛书
提　要

《誓与禁烟相始终——民族英雄林则徐》

林则徐严禁鸦片，坚决抵抗西方列强的侵略，坚持维护国家主权和民族利益。他是中国近代历史上第一位睁眼看世界的人，是抗击帝国主义殖民侵略的第一人，是中华民族抵御外侮过程中伟大的民族英雄。

《血洒虎门御敌寇——抗英将军关天培》

民族英雄关天培，在第一次鸦片战争中为了抗击英国侵略者的入侵而血洒虎门，为国捐躯，谱写了一曲可歌可泣的英雄赞歌。关天培用他的生命，书写了中国人民反抗外侮的历史。

《威震镇海靖节魂——抗敌英雄裕谦》

在第一次鸦片战争期间的众多牺牲者中，有一位官阶最高，他就是两江总督裕谦。裕谦与外国侵略者斗争立场坚定，与国内妥协派、投降派斗争态度坚决。裕谦督战镇海，与英国侵略军浴血奋战，临危不惧，以身报国，浩气长存。

《斩邪留正解民悬——太平天国领袖洪秀全》

农民出身的洪秀全，从失意文人到起义领袖，经历了长期的思想演变过程，在外敌入侵、清朝政府腐朽的历史环境之下，顺应时代的潮流，成长为一位非凡的历史英雄人物，建立了与清朝政府相抗衡的农民政权——太平天国。

《仰承汉唐 荟萃中外——近代数学家李善兰》

李善兰是我国19世纪重要的科学家之一，在数学、天文学、力学等方面都有重大建树。他继承了我国古代数学的成就，又以极大的热情传播西方科学文化，"仰承汉唐，荟萃中外"，把自己的一生献给了科学事业。

《严谨治学 勇于探索——近代著名数学家华蘅芳》

华蘅芳，中国近代数学家之一。其精通中国古算学，并熟练掌握西方近代数学，是中国验证抛物线并著书立说的参与者。为了证明"外国有的，中国也能造"而鞠躬尽瘁，在引进西方科学技术、传播科学知识上贡献卓著。

《折冲樽俎护山河——近代著名外交家曾纪泽》

曾纪泽是中国近代史上著名的爱国外交家，在中俄伊犁交涉事件中，他秉承抵抗列强、保卫国家的坚定意志，利用外交手段全力同沙俄抗争，捍卫了国家主权、民族尊严，收回了祖国的领土，在近代中国外交史上留下了光辉的一页。

《甲午海战留英名——民族英雄邓世昌》

邓世昌，北洋水师名将。本书以邓世昌的成长过程为线索，以代表性的历史故事为主要内容，还原真实的历史事件，突出鲜明的人物性格。邓世昌因在中日甲午海战中突出的英雄气概而名垂史册，书写了伟大的爱国主义篇章。

《誓与舰队共存亡——北洋水师提督丁汝昌》

丁汝昌处在清朝政府的腐朽和李鸿章的专断下，难以施展爱国的抱负，壮志未酬，愤恨而终。但丁汝昌为建立近代海军作出的巨大贡献，带领北洋舰队爱国官兵勇抗强敌的英雄事迹，将永远为后代所传颂。

《镇南关上凯歌扬——抗法老英雄冯子材》

1885年中法战争中，年逾古稀的冯子材为抵御外国侵略，勇赴国难，大败法军于镇南关，并乘胜追击，接连收复文渊、谅山等地，从根本上扭转了中法战争的局面，成为近代民族英雄的杰出代表。

《屡败法军逞英豪——黑旗军将领刘永福》

刘永福是黑旗军的创建者，是农民出身的杰出军事家、政治活动家。在19世纪发生的援越抗法、中法战争中，他率部与帝国主义侵略者进行了殊死的战斗，建立了卓越的功勋，成为我国近代史上著名的民族英雄，为后世所景仰。

《矢志变法强国家——戊戌变法领袖康有为》

康有为是清末民初最有影响力的思想家之一。他领导了中国知识界的启蒙运动，掀起了一场自上而下的政体改革。他最早在中国提出了立宪政体和具体的宪政方案，主张在坚持儒家传统和帝制的前提下，学习西方经验，他的进步思想对近代中国具有深远的影响。

《开民智以报国　普新知而图强——戊戌变法思想家梁启超》

梁启超，中国近代史上著名的政治活动家、启蒙思想家、史学家、文学家，戊戌变法领袖之一。本书以百日维新思想家梁启超的成长过程为线索，以代表性的历史故事为主要内容，还原真实的历史事件，突出鲜明的人物性格。

《我自横刀向天笑——维新志士谭嗣同》

谭嗣同在民族危机的严重时刻，投身改革救中国的洪流。为了带给祖国一个光明的未来，紧要关头，他挺身而出，用自己的鲜血激励后人，把宝贵的生命献给了变法事业。

《睡乡敢遣警世钟——用生命警策国人的陈天华》

陈天华是民主革命的活动家和宣传家。他写的《猛回头》《警世钟》等书，起到了革命启蒙的重大作用。为了激发留日学生的爱国情怀，他不惜投海自杀，演出了近代史上感人至深的一幕，给后人留下了难忘的印象。

《革命军中马前卒——民主斗士邹容》

革命乃"至尊极高，独一无二，伟大绝伦之一目的"；它是"天演之公例，世界之公理，顺乎天而应乎人"的伟大行动。因此，必须"仗义群兴革命军"。他激情高呼："革命独子万岁！中华共和国万岁！"这就是《革命军》的作者，中国近代著名资产阶级革命宣传家邹容。

《休言女子非英物——鉴湖女侠秋瑾》

为民族解放和妇女解放而英勇斗争的秋瑾，冲破封建礼教的思想牢笼，打碎封建精神枷锁，崇仰真理，追求光明，主张共和，坚持男女平等，最终献出了自己年轻的生命。

《血溅校场　杀身成仁——民主斗士徐锡麟》

本书讲述了反清志士徐锡麟弃文从武、投身反清革命事业，最终被清政府杀害的故事。出于对国家的热爱，徐锡麟献出自己的生命，他的事迹将永远激励后人深切缅怀这位民主革命的先驱。

《生可死耳　我志长存——献身民主的禹之谟》

禹之谟，民主革命党人，同盟会会员，近代资产阶级革命家、实业家。1886年，20岁的禹之谟"提三尺剑，挟一卷书"游历四方，研究西方社会政治学说，忧国忧民之心日趋强烈。戊戌变法失败，他丢掉改良幻想，倡革命救亡之说，走上民主革命道路。

《物竞天择　适者生存——资产阶级启蒙思想家严复》

严复是中国近代著名的启蒙思想家、翻译家和教育家。他长期从事教育和翻译事业，为近代中国人才培养和思想启蒙做出了重要贡献，同时他也为中国的翻译事业和中西思想文化交流做出了重要贡献。

《辛亥革命急先锋——资产阶级革命家黄兴》

黄兴，清末民初资产阶级革命家，中华民国开国元勋。黄兴在武昌首义及辛亥革命时期的爱国表现，与孙中山闻名于当时，常被时人以"孙黄"并称。本书以资产阶级革命活动实干家黄兴的成长过程为线索，歌颂了先辈伟大的爱国主义精神。

《矢志革命　百折不回——近代民主革命家廖仲恺》

廖仲恺追随孙中山踏上了创立民国与捍卫共和制的旧民主主义革命

之路；在新民主主义革命时期，他为建立、巩固首次国共合作和实施三大政策，英勇奋斗，为国殉职，洒尽了一腔热血。

《将军拔剑南天起——护国英雄蔡锷》

蔡锷是中国近代史上的杰出军事家、爱国者。他的一生短暂而伟大。辛亥革命爆发，他毅然投身于革命洪流之中，领导云南重九起义，对武昌起义积极响应。袁世凯窃国复辟、恢复帝制的阴谋暴露出来以后，他又毅然举起了武装讨袁的旗帜。

《反帝反封建运动——五四青年的爱国故事》

五四运动是一次伟大的反帝反封建的爱国运动；是一个伟大的历史转折点；是中国人民的斗争从挫折走向胜利的一个关节点，它为中国的前进开辟了一条全新的道路，拉开了中国新民主主义革命的序幕。

《思想自由　兼容并包——著名教育家蔡元培》

蔡元培是中国近现代著名的民主革命家和教育家，一生经历风雨，却始终信守爱国和民主的政治理念，致力于废除封建主义的教育制度，奠定了我国新式教育制度的基础，为我国教育、文化、科学事业的发展做出了富有开创性的贡献。

《为国家争光　为民族争气——中国铁路之父詹天佑》

詹天佑是我国最早的杰出铁道工程师，因主持建造京张铁路而闻名中外，被誉为"中国铁路之父"。他为祖国的铁路事业贡献了毕生的精力。本书向读者展示了詹天佑热爱祖国、科技兴国的辉煌人生。

《实业救国　衣被天下——轻工之父张謇》

张謇是爱国实业家、教育家。他年轻时中过状元。过了40岁，开始投身工商实业活动中，他的名言是"富民强国之本在于工"。在南通，创办大生丝厂、银行等各种实业。并将创办实业的大部分所得投入教育。他的观点是，教育和实业一样，也是"富强之大本"。

《心向革命　追求光明——平民将军冯玉祥》

冯玉祥将军"是一位从旧军人转变而成的坚定的民主主义战士"。

抗日战争期间，他辗转各地，用实际行动积极抗战。日本战败投降后，他为了断绝美国的援蒋内战，又在美国四处演说，揭露蒋介石统治之黑暗，痛斥美国阴谋分裂中国的不良行为。

《刑场上的婚礼——革命烈士周文雍　陈铁军》

周文雍是广州起义的主要领导人之一。陈铁军出身于华侨商人家庭，却毅然投身革命洪流。1928年1月，两人接受派遣，回到广州假扮夫妻从事革命斗争，却不幸被捕。临刑前，两位烈士将敌人的枪声当作自己婚礼的礼炮，用生命和爱情谱写出一曲千古绝唱。

《星星之火　可以燎原——井冈山斗争的故事》

1927—1929年，毛泽东、朱德等老一辈革命家，在井冈山创建了农村革命根据地，进行了艰苦卓绝的斗争，建立了新型革命武装，点燃了工农武装革命之火，找到了农村包围城市最后夺取政权的中国革命的正确道路。

《新民学会的主要发起人——中国共产党早期革命家蔡和森》

蔡和森青年时期曾与毛泽东等人一起组织进步团体新民学会，参加五四运动，并在赴法国勤工俭学时研读大量马克思主义著作，回国后以满腔热忱投身革命事业，成为中国共产党早期重要的理论家和宣传家。

《威震黄浦江畔　高奏抗日壮歌——一·二八淞沪抗战》

面对日本侵略者的挑衅，十九路军在蒋光鼐、蔡廷锴的带领下，高举义旗，奋力一搏。一·二八淞沪抗战，是中国军人捍卫军人荣誉和祖国尊严所发出的吼声，谱写了一曲抗击日军侵略的英雄壮歌。

《将军恨不抗日死——慷慨就义的吉鸿昌》

在国难深重的20世纪30年代，吉鸿昌将军因拒绝执行国民党指示，坚决不打内战，被迫携眷出国"考察"。回国后，他加入中国共产党，组织了民众抗日同盟军，英勇打击日本侵略者，后于1934年11月被国民党反动派杀害。

《献身革命　甘于清贫——梅岭忠魂方志敏》

大革命失败后，方志敏凭着"两条半步枪"起家，身经百战，创建了赣东北革命根据地和红十军。本书真实记录了方志敏投身于革命、领导红军和敌人进行艰苦卓绝斗争的经历，歌颂了烈士贫贱不移、威武不屈、献身革命的高尚品质。

《奏响中华最强音——人民音乐家聂耳》

聂耳在他有限的生命中创作了数十首革命歌曲，在抗日救亡运动中，聂耳的这些歌曲产生了广泛深远的影响。他的音乐创作为中国无产阶级革命音乐的发展指明了方向，树立了榜样。

《横眉冷对千夫指——中国文化革命主将鲁迅》

鲁迅不但是伟大的文学家，而且是伟大的思想家和伟大的革命家。在那风雨如晦的黑暗年代里，他以笔为投枪，同一切帝国主义和反动派进行了顽强的战斗，为中国人民树立了一个不朽的丰碑。他是新文化战线上的一面光辉旗帜，是我们伟大民族的灵魂。

《铁流两万五千里——红军长征的故事》

红军长征是人类历史上的一次伟大的壮举。第五次反"围剿"失败后，中国工农红军的三大主力在极端艰难的条件下，突破国民党军队的围追堵截，进行了史无前例的战略大转移，总行程达两万五千里以上。途中发生了许多动人故事，至今令人难以忘怀。

《荣辱不移革命志——创建陕北红军的刘志丹》

刘志丹是杰出的无产阶级革命家、军事家，西北红军和西北革命根据地的主要创始人之一。他一生热爱人民，追求真理，英勇善战，百折不挠，艰苦奋斗，忠心赤胆，为创建红军和革命根据地、为中国人民的解放事业建立了不可磨灭的功勋。

《英名永存北平城——爱国将领佟麟阁　赵登禹》

1937年7月28日，日军向北平郊区发动进攻。第二十九军副军长佟麟阁奉命在南苑率部与日军苦战，腿部受伤，头部被敌机炸伤，壮烈殉国。第一三二师师长赵登禹指挥部队顽强抵抗日军,右臂中弹负伤,仍继续作战。后在转移途中遭日军截击而牺牲。

《八百壮士　四行仓库铸军魂——谢晋元和他的战友们》

八一三抗战,中国军人以血肉之躯揭开全面抗战的帷幕。这是一场血战,是中国军人不屈不挠的英雄诗篇,其中的八百壮士守四行,成为这首英雄颂歌中最动人、最凄美的音符。一曲四行保卫战,铸就了不屈的军魂。

《八女投江　气贯长虹——八位抗联女战士》

抗日战争时期,以冷云为首的东北抗日联军8名女战士,为捍卫民族尊严,面对凶残的日寇,镇定自若,宁死不屈,投江殉国,表现了中华民族同敌人血战到底的英雄气概。她们的光辉形象,激励着千千万万的后来人。

《艰苦抗战　威震敌胆——著名抗日英雄杨靖宇》

杨靖宇将军是我国著名的抗日民族英雄。曾先后担任磐石游击队政治委员、东北抗日联军第一军军长兼政委、抗日联军总司令等职。领导军民对日寇坚持了长达9个年头的艰苦卓绝的斗争,最终以身殉国。

《死也不当亡国奴——镜泊抗日英雄陈翰章》

陈翰章,从1932年8月投笔从戎,直到1940年12月8日为抗击日本侵略者,战死在镜泊湖畔。他在抗日疆场上奋战了九年,他那可歌可泣的英雄事迹将为人们永世传颂。

《名将殉国　气壮山河——抗日将军张自忠》

著名抗日将领、民族英雄张自忠,生于忧患的时代,抱有"宁为百夫长,胜作一书生"的志向,经历过失败与低谷,最终成就了慷慨人生。本书主要以人物活动为主,勾画出一个真正的"民族魂"鲜活的人生,会带给读者振奋的力量。

《宁死不辱战士名——狼牙山五壮士》

1941年日寇在河北易县"扫荡"。为掩护群众和主力部队撤退,五位八路军战士毅然把敌人引上了狼牙山棋盘坨峰顶绝路。弹尽粮绝、无路可退，五位英雄纵身跳下了万丈悬崖，用生命和鲜血谱写出一曲惊天地泣鬼神的壮举。

《太行浩气传千古——抗日名将左权》

左权，中国工农红军和八路军高级指挥员，著名军事家。是八路军在抗日战场上牺牲的最高指挥员。名将阵亡，太行山为之垂首，全党为之悲痛。周恩来称他"足以为党之模范"，朱德赞誉他是"中国军事界不可多得的人才"。

《虎将兴关外 抗倭统雄师——抗联英雄赵尚志》

本书描写了久经考验的共产党员、东北抗联的创建者和主要领导人赵尚志，在艰苦卓绝的条件下，坚持抗战，威震敌胆，战功卓著，忍辱负重，忠贞不屈，为国捐躯的英雄故事，为青少年读者呈上一部爱国主义的佳作。

《黄埔之英 民族之雄——抗日名将戴安澜》

抗日名将戴安澜，先后参加保定、漕河、台儿庄、武汉、昆仑关等战役，作战英勇，屡建奇功；入缅作战，"扬威国外，藉伸正义"；守东瓜，复棠吉；殒身缅北，遗恨丛林，马革裹尸，成就了光辉的一生。

《爱国志士 民主先锋——新闻出版家邹韬奋》

本书讲述了邹韬奋献身新闻出版事业的奋斗历程，展现了一位新闻工作者坚定的革命信念和炽热的爱国主义精神，全心全意为人民服务、为读者服务的奉献精神，歌颂了他的高尚情操和优良品质。

《为抗战发出怒吼——人民音乐家冼星海》

人民音乐家冼星海，青年时期在巴黎求学，饱尝屈辱与磨难；学成后毅然回到多灾多难的祖国，用满腔热忱谱写激昂的音乐，鼓舞中华儿女的斗志；奔赴延安，谱写出不朽的名作《黄河大合唱》，发出中华民族抗日救亡的怒吼。

《全民皆兵　抗击日寇——抗日战争的故事》

中国人民进行的十四年抗战，是一百多年来中国人民反对外敌入侵第一次取得完全胜利的民族解放战争。这场战争是以国共两党合作为基础，有社会各界、各族人民、各民主党派、抗日团体、社会各阶层爱国人士和海外侨胞广泛参加的全民族抗战。

《捧着一颗心来　不带半根草去——人民教育家陶行知》

陶行知是我国现代教育史上伟大的人民教育家、教育思想家。他从青年起就立志献身教育事业，以"捧着一颗心来，不带半根草去"的赤子之心，为人民的教育事业鞠躬尽瘁。

《为民主与和平拍案而起——民主斗士闻一多》

闻一多早年与梁实秋等人发起成立清华文学社。赴美留学期间由对祖国的深深眷恋而创作著名的《七子之歌》。后在西南联大任教8年，积极投身于抗日运动和争取民主的斗争，发表了著名的《最后一次讲演》。

《铁窗难锁钢铁心——革命先烈王若飞》

王若飞是我党早期杰出的无产阶级革命家。在艰苦卓绝的斗争中，他出生入死，屡建奇功，以超人的睿智和胆略，在敌人的监狱中，同敌人展开了殊死的较量，为抗战的胜利和新中国的诞生做出了卓越的贡献。

《横扫千军　还我河山——抗联名将李兆麟》

李兆麟是东北抗日联军创建人之一，他率领抗日联军历尽千难万险与日本侵略者浴血奋战，在极其艰苦的条件下，保存了抗日联军的有生力量，为东北光复做出了重大贡献。

《锄头开出新天地——解放区大生产运动》

为了解决困难，渡过难关，党中央号召党政军民齐动手，开展大生产运动。中国共产党在其控制区域内发动的一场军队屯田和鼓励生产的群众运动，达到了自己动手丰衣足食，共度难关，既进行革命又进行生产自足的目的。

《生的伟大　死的光荣——女英雄刘胡兰》

刘胡兰，坚贞不屈的少年女英雄。生前对我国劳动人民的解放事业无限忠诚，在敌人威胁面前，大义凛然，毫无惧色，英勇牺牲，表现了共产党员的高贵品质。

《饿死不领美国救济粮——爱国知识分子的楷模朱自清》

朱自清作为爱国知识分子的典型，以锐利的笔锋直言痛斥反动政府的暴行，体现了他崇高的爱国情怀和不畏恶势力的精神品格。毛泽东曾给朱自清先生以高度评价："一身重病，宁可饿死，不领美国的'救济粮'"，"表现了我们民族的英雄气概"。

《为了新中国前进——舍身炸碉堡的董存瑞》

伟大的英雄，中国人民的儿子董存瑞，从儿童团长成长为一名光荣的解放军战士，在1948年解放隆化县城时，舍身炸碉堡，为新中国献出了自己年轻的生命。他的英雄形象永远留在人民心里。

《宁死不屈的共产党员——革命烈士江竹筠》

江竹筠，就是著名的江姐。1947年春，她负责《挺进报》工作，只几个月的时间，报纸就发行到1600多份，引起了敌人的极大恐慌。由于叛徒出卖，江姐不幸被捕，惨遭毒刑的残酷折磨，仍坚贞不屈。最后被特务秘密枪杀，年仅29岁。

《抗美援朝　保家卫国——志愿军的战斗故事》

抗美援朝战争是中国人民志愿军为援助朝鲜人民、保卫祖国安全，与美国为首的"联合国军"发生的战争。在朝鲜牺牲的志愿军烈士们，他们英勇的战斗事迹、保家卫国的精神值得我们发扬光大。

《上甘岭上壮烈歌——黄继光和他的战友们》

在1952年10月的上甘岭战役中，黄继光和他的战友们在零号阵地半山腰被敌机枪火力点压制，此时，黄继光身上已经多处负伤，手雷也已全部用光。为了完成任务，减少战友的伤亡，他用自己的胸膛堵住正在扫射的敌机枪射孔，为反击部队扫清了前进的道路。

《诗书印画　全入神品——国画大师齐白石》

齐白石出身贫寒，做过农活，当过木匠，后改学雕花木工，从民间画工入手，摹古人真迹，学诗文书法，融汇古今，而诗、书、印、画俱佳；他将中国画的精神与时代的精神统一得完美无瑕，使中国画得到国际的重视，无愧于"国画大师"的称号。

《毕生为文化而奋斗——中国第一出版家张元济》

张元济参与、主持和督导商务印书馆近六十年，使其从简单的印刷企业转变为当时中国教育出版的旗帜。张元济一生爱书，在中华大地动荡不安的年代里，他用自己对文化的热爱，续存着中华民族灿烂悠久的文明之光。

《独树一帜　梨园大师——著名京剧表演艺术家梅兰芳》

梅兰芳，京剧大师，演唱风格独树一帜，世称"梅派"。曾先后赴日本、美国、苏联演出，并荣获美国波摩那学院和南加州大学的荣誉文学博士学位。作为一位爱国者，抗战期间蓄须明志，拒绝为日本人演出，为后世称颂。

《华侨旗帜　民族光辉——爱国侨领陈嘉庚》

陈嘉庚是著名的爱国华侨领袖、企业家、教育家、慈善家、社会活动家。他为辛亥革命、民族教育、抗日战争、解放战争、新中国的建设做出了卓越的贡献。生前被毛泽东誉为"华侨旗帜、民族光辉"。

《向雷锋同志学习——伟大的共产主义战士雷锋》

雷锋，一个平凡而伟大的共产主义战士，一心向着党，一生秉承着全心全意为人民服务、无私奉献的崇高思想；发扬刻苦学习和钻研理论的"钉子"精神；坚持勤俭节约、艰苦奋斗的优良作风。毛泽东为其题词："向雷锋同志学习。"

《人民的好公仆——县委书记的好榜样焦裕禄》

焦裕禄，被誉为县委书记的好榜样。他用自己的革命精神，展开了与大自然、与社会落后现象、与病魔的多重抗争，让我们领略到一

仰承汉唐　荟萃中外

——近代数学家李善兰

个共产党人的生之伟大、死之壮美的人格品质和具有现实教育意义的精神魅力。

《文学巨匠　京味大师——人民作家老舍》

老舍是我国现代小说家、文学家、戏剧家。他用融入骨髓的真诚文字反映生活的喜怒哀乐。老舍的一生，总是在忘我地工作，他是文艺界当之无愧的"劳动模范"，生前被北京市人民政府授予"人民艺术家"的称号。

《革命老人——无产阶级教育家徐特立》

徐特立是一代伟人毛泽东的老师。他出生在贫苦家庭，大部分时间生活在动荡艰苦的年代；他刻苦勤奋，不畏艰辛，追求光明，一生勤俭，为革命培养了大量的人才；他对党和人民任劳任怨，鞠躬尽瘁。他坎坷奋斗的一生，留下了许多可歌可泣的故事。

《人生能有几回搏——新中国第一个世界冠军容国团》

容国团先后担任中国乒乓球队运动员、女队主教练。获得1959年男子单打世界冠军；1961年夺得男子团体世界冠军；作为中国女队主教练，1965年率女队第一次夺得女子团体世界冠军。他的"人生能有几回搏"的豪言，举国传诵。

《石油工人一声吼　地球也要抖三抖——铁人王进喜》

王进喜，新中国第一批石油钻探工人。他为祖国石油工业的发展和社会主义建设立下了不朽的功勋，在创造了巨大物质财富的同时，还给我们留下了宝贵的精神财富——铁人精神。他被评为"百年中国十大人物"，写入中华民族的光辉史册。

《做人民需要我做的事——著名地质学家李四光》

李四光是一位伟大的科学家，他一生从事地质学研究工作，足迹遍布祖国的山川，为祖国探明了许多地下宝藏；他创建了崭新的学说——地质力学；他历尽重重困难，为正确认识地质构造开辟了一条新路。

《中国化学工业的先驱——著名化学家侯德榜》

为摆脱纯碱需要进口的窘况，20世纪初，怀着"实业救国"梦想的中国化工先驱侯德榜等人创办了永利碱厂，并立志生产出中国人自己的碱。1926年，永利碱厂终于成功地生产出"红三角"牌纯碱，从此中国制碱业得以跨入世界先进行列。

《毕生求是　一丝不苟——著名科学家竺可桢》

著名科学家竺可桢献身科学研究；治学严谨，一丝不苟；一生廉洁，两袖清风；作风民主，爱护学生。他以爱国之心、报国之志，从一个民主主义者逐渐成长为一个共产主义战士。

《热爱自然的大地之子——著名植物学家蔡希陶》

蔡希陶，五十载风雨，五十载坎坷，五十载奋斗，五十载开拓，为了发现对人类生产、生活有用的植物及新物种的引进而做出巨大贡献，在中国的植物资源学史上将永远镌刻着他的名字。

《高洁无私的襟怀——知识分子的楷模蒋筑英》

蒋筑英是中国当代知识分子的先锋典范，他不为名，不为利，尊重科学；他以坚忍的毅力和顽强的作风，在科学的道路上呕心沥血，鞠躬尽瘁，无私地奉献了青春和生命。

《迎接新生命的天使——卓越的妇产科专家林巧稚》

林巧稚是国内外享有盛誉的妇产科专家。在五十多年的医学教育和临床实践中，林巧稚亲自接生了五万多婴儿，治愈了数千病人，培养了数以百计的专门人才，为我国的妇女儿童事业做出了不可磨灭的贡献。

《独自成千古　悠然寄一丘——国画大师张大千》

张大千是20世纪中国画坛最具传奇色彩的国画大师，无论是绘画、书法、篆刻、诗词无所不通。在艺术界深得敬仰和追捧，艺术家们用真挚的感情，用绘画和雕塑展现了"张大千"多彩的艺术形象。

仰承汉唐　荟萃中外

《建造中国的通天塔——著名数学家华罗庚》

中国当代著名数学家华罗庚，为中国数学的发展做出了无与伦比的贡献，他是中国解析数论、典型群、矩阵几何等多方面研究的创始人与开拓者，也是我国最早将数学理论研究与生产实践紧密结合的科学家。

《问鼎长天 强我国威——两弹元勋邓稼先》

邓稼先是我国著名科学家，参加组织和领导我国核武器的研究、设计工作，从对原子弹、氢弹原理的突破和试验成功及其武器化，到新的核武器的重大原理突破和研制试验，作出了重大贡献。是我国核武器理论研究工作的奠基者之一，被誉为"两弹元勋"。

《敢叫天堑变通途——桥梁专家茅以升》

中国著名的桥梁专家茅以升从小立志为祖国建造桥梁，经过不懈努力，他不仅设计建造了一座座宏伟壮观、坚固实用的道路桥梁，而且搭建了一座座友谊之桥，为祖国建设作出了卓越贡献。

《蘑菇云之梦——核物理学家钱三强》

被誉为"中国原子弹之父"的核物理学家钱三强，更名后立志于科技报国；24岁投师于世界著名核物理学家居里夫妇；与夫人何泽慧合作，发现铀的"三分裂""四分裂"现象；统领我国的原子大军，做了大量创造性工作。

《两离桑梓地 满怀雪域情——领导干部的楷模孔繁森》

孔繁森，是一位一尘不染、两袖清风的好干部。两次进藏工作，历时十载，为西藏的建设、发展和稳定作出了突出的贡献。1994年11月，孔繁森不幸以身殉职。人民群众称他为新时期领导干部的楷模。

《摘取数学皇冠上的明珠——著名数学家陈景润》

陈景润是享誉世界的数学家，为了证明"哥德巴赫猜想"，他以惊人的毅力在数学领域里艰苦跋涉，终于攻克了世界著名数学难题"哥德巴赫猜想"中的"1+2"，创造了中国乃至世界数学史上的辉煌。

《学术独步 饮誉四海——享有国际威望的科学家卢嘉锡》

卢嘉锡是一位在国际科学界享有崇高威望的物理化学家、化学教育家和科技组织领导者。1945年，卢嘉锡满怀"科学救国"的热忱回到祖国，对中国原子簇化学的发展起了重要推动作用，他所指导的新技术晶体材料科学研究，也取得了重大成绩。

《德艺双馨 梨园楷模——著名豫剧表演艺术家常香玉》

常香玉1941年赴陕甘演出。1948年在西安创办香玉剧社。1951年为支援抗美援朝，率剧社巡回西北、中南、华南各地演出，以演出收入捐献"香玉剧社号"战斗机一架，素有"爱国艺人"之誉。

《文学大师 激流勇进——著名作家巴金》

本书以巴金生平和主要事迹为线索，回顾和展示现代著名作家巴金的一生，以期让人们看到巴金在这风云变幻的100多年中，有过成功的欢欣，有过屈辱的磨难，有过痛苦的忏悔，有过平静的安宁。巴金的人生，映照着一代中国五四知识分子坎坷而不平凡的命运。

《壮心系科学 孜孜为国昌——理论化学家唐敖庆》

本书讲述了唐敖庆从出国求学、学业有成、回国任教，到服从安排、艰苦工作、刻苦钻研，最终成为中国量子化学奠基者的过程。让人们看到了这位著名化学家的赤心爱国、严谨治学、大公无私的崇高品格和科研上的卓越成就。

《中国导弹之父——著名科学家钱学森》

当第一颗原子弹升空的时候，当中国的人造卫星奏响《东方红》的时候，当中国运载火箭腾空而起的时候，当中国研制的导弹准确命中目标的时候，人们都会想起他的名字：中国导弹之父钱学森。

《中国近代力学的奠基人——著名科学家钱伟长》

钱伟长曾以中文和历史两个100分的成绩考入清华大学。九一八事变后，钱伟长毅然放弃了文科的学习而转为理科。他是中国近代力学、应用数学的奠基人之一，在固体力学、流体力学以及航空航天领域，取得了卓越的成就，为新中国的现代化建设付出了毕生的精力。

《中国光学科学的奠基人——著名科学家王大珩》

王大珩是我国著名的科学家，中国光学科学的奠基人。他先在清华就读，后赴英国求学，学业有成，立志科学救国，其成就享誉神州。他以科学的求是精神和赤诚的爱国情怀，探索着中国光学发展的闪光之路。